从窗台的花花到宇宙爆炸

贾九峰 著

北京联合出版公司

图书在版编目（CIP）数据

从窗台的花花到宇宙爆炸 / 贾九峰著. -- 北京：北京联合出版公司, 2025.5. -- ISBN 978-7-5596-8370-0

Ⅰ．I267

中国国家版本馆CIP数据核字第2025HC8461号

从窗台的花花到宇宙爆炸

作　　者：贾九峰
出 品 人：赵红仕
责任编辑：周　杨
装帧设计：吉冈雄太郎

北京联合出版公司出版
（北京市西城区德外大街83号楼9层　100088）
北京时代华语国际传媒股份有限公司发行
北京盛通印刷股份有限公司印刷　新华书店经销
字数110千字　787毫米×1092毫米　1/32　8印张
2025年5月第1版　2025年5月第1次印刷
ISBN 978-7-5596-8370-0
定价：58.00元

版权所有，侵权必究
未经书面许可，不得以任何方式转载、复制、翻印本书部分或全部内容。
本书若有质量问题，请与本公司图书销售中心联系调换。电话：010-63783806

目录

第一章 你看，这世界开满了花

不知道往哪走的时候，花儿会告诉你答案。

谁折了我的垂杨柳——003

桃花不管人间事——008

梅花落满了南山——012

兰花不语，只一味芬芳——017

红了樱桃，绿了芭蕉——023

红豆最相思——028

人间富贵花——033

杜鹃花从不后悔盛开——039

芭蕉难过，但芭蕉不说——045

梧桐更兼细雨——050

一个宇宙换一颗红豆

第二章

有些日子，眨眨眼就过去，却使我们长久地怀念。

苏东坡的"此心安处"——059

一座园林，两种爱情——065

爱情圣地普救寺——070

春风不度玉门关——076

岳阳楼往事——081

富春江边的隐者——087

一座桥的挽歌——093

京口瓜州一水间——098

我们都是被爱着的小狗

第三章

很多事很糟糕，
但人间有人间的好。

月亮月亮你别走——107

故乡，别来无恙——113

你还可以这样写友情——119

一起穿越忘川河——123

我的孤独像一座花园——127

香得痛痛快快，你们管得着吗——131

一场诗意的邂逅——139

第四章

世界是一张密密麻麻的备忘录

> 我频繁地记录，目的是为了让幸福可以随时翻阅。

帽子的奇思妙想——149

吃了还想吃的味道——155

以麻将之名——160

一个骗子的独白——165

舌尖上的利益——169

每个人都是一本书——175

给生活一首诗的时间——181

文人派对——187

我们仍未知晓时光的样子——194

第五章

养一朵花，直到它长大

> 人生乐事，莫过于静等花开。几盆花草一束微光，生活就亮堂起来了。

遇见便是上上签——203

日出和日落无法同时拥有——207

知止——210

别让太阳掉下来——217

人不辞路——221

存在于每一个当下——225

绝交的艺术——231

辞穷——235

和草木站在一起——242

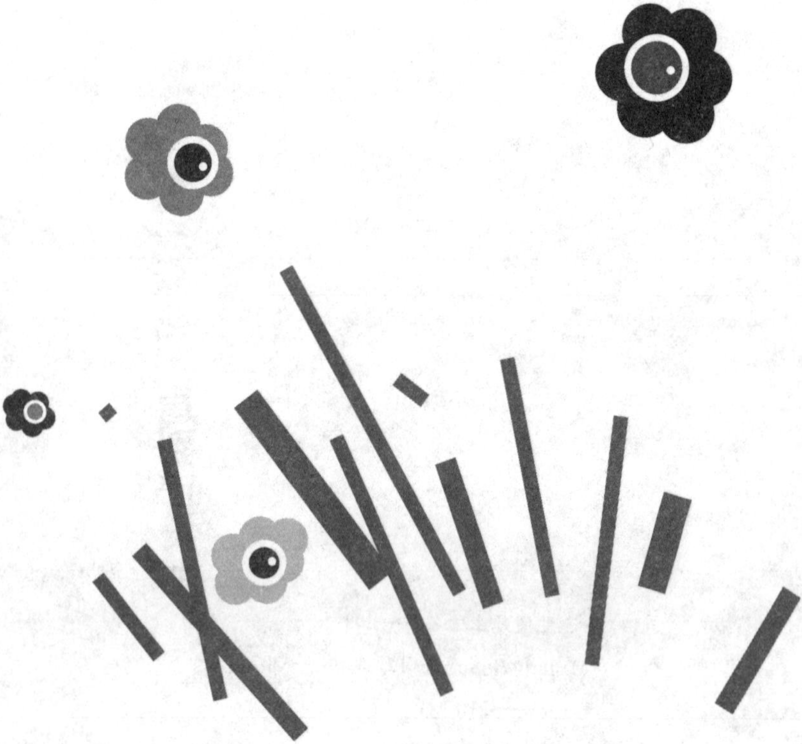

第一章

你看,这世界开满了花

不知道往哪走的时候,花儿会告诉你答案。

谁折了我的垂杨柳

折柳相赠，"柳""留"同音，诗词之中，柳的意象多为惜别。《诗经》中《采薇》有云："昔我往矣，杨柳依依。"

关于"杨柳"一词的来历，颇多故事，流传最广的当属隋炀帝赐姓的亲民版本，美则美矣，可惜多为小说家言。《诗经》成书于先秦，早有"杨柳"一语，该传说已不攻自破。《尔雅》释木篇曰：杨，蒲柳。由此可见，杨和柳，实则皆为柳也，与如今我们所说的杨树毫无关系。刘禹锡有诗："长安陌上无穷树，唯有垂杨绾别离。"宋祁有词："绿杨烟外晓寒轻，红杏枝头春意闹。"尽管未及柳字，写的却都是柳树。反之亦然。唐代李泌赋诗讥讽杨国忠，只写"青青东门柳，岁晏复憔悴"。杨国忠向唐明皇告状。李隆基心中暗笑，劝杨国忠不必太过敏感。他说："赋柳为讥卿，赋李为讥朕可乎？"杨国忠不好不给领导面子，可他自是不肯善罢甘休，到底是屡进谗言，最终将李泌逐出了长安。

唐代人离开长安，或东或西，只有两条道路：东线到灞桥，灞桥上设有驿站；西线至渭城，驿道边筑有客舍。无论灞桥还是渭城，共同之处便是广植杨柳，最宜赋诗以别。"渭城朝雨浥轻尘，客舍青青柳色新。""杨柳含烟灞岸春，年年攀折为行人。"于是那些遍植路旁、桥头的柳树也得以在唐诗的流风余韵中摇曳千年。

折柳，作为送别的意象，相传汉代就已出现，最早为西晋陆机的乐府诗《折杨柳行》以记。而将依依杨柳喻作痴情女子，始于何时，却不可考。"垂柳万条丝，春来织别离。行人攀折处，闺妾断肠时。""袅袅古堤边，青青一树烟。若为丝不断，留取系郎船。"由此可知，该意象应是从难舍难分的送别之中脱胎而来。渐渐地，杨柳又从送别时的女子，演化为别离后独守空闺的女子："忽见陌头杨柳色，悔教夫婿觅封侯。""柔黄愿借为金缕，绣出相思寄与君。"接下来，那些沦落风尘的女子也被加入了杨柳的行列。烟花柳巷，眠花宿柳，她们从极尽缠绵、恋恋不舍的良家女子的闺怨形象，向着被人攀折、随手轻弃的被损害、被污辱的形象演变。于是，在这一系列的书写进程中，隋堤柳、永丰柳、宛城柳、宫门柳、章台柳……应运而生，不一而足。

只讲一段章台柳的故事吧。章台初建于战国，唐时命以街名，为长安城里声色繁华之地。"大历十才子"之一的韩翃，天宝年间进京科举，闲暇之余到章台街上游玩，与才艺俱佳的柳氏双双坠入爱河。"安史之乱"爆发时，韩翃正在淄青节度使侯希逸幕府中做书记官，洛阳、长安两京陷落。一道烽火无情隔阻，自此这对有情人音讯皆无。两年后，肃宗收复长安。韩才子急命人携一袋沙金回章台找寻柳氏，白色的金袋上题诗一首《寄柳氏》："章台柳，章台柳，颜色青青今在否？纵使长条似旧垂，也应攀折他人手。"章台下的嫩柳啊，你还像往日一样婀娜多姿吗？就算是柔细的枝条儿飘垂如故，经此劫难，恐怕也应被别人攀折得不成样子了吧。全诗无一字不在咏柳，实则无一字不在怀人。

事情果如韩才子预料。尽管柳氏落发为尼，一心一意等着韩翃归来，可到底还是未能逃脱番将沙吒利的掳劫。面对深情款款的远方来信，柳氏手握重金，悲伤成河。她将满腔幽怨与思念凝注笔端，《答韩翃》一诗字字血泪："杨柳枝，芳菲节，可恨年年赠离别。一叶随风忽报秋，纵使君来岂堪折！"芳菲时节的杨柳枝啊，她明媚的青春见证的却是年年岁岁的离别，还有比这更令人遗恨的事吗？恼人的秋风吹来，黄叶片片飘零，她已是年衰色损、憔悴不堪了，纵使您能回来，怕是也不会再折握手中了吧。

韩才子收到回信，知道柳氏还眷恋旧情，即刻设法营救，故事最终有了一个圆满的结局。经皇帝裁决，柳氏重回韩翃怀抱。花好月圆之夜，韩柳二位还应该不忘感谢一人，这便是被杨国忠谗言逐出长安的李泌。当年李泌挥别友人，走下灞桥后，根本没赴谪所蕲春就任。他干脆脱离官府，潜遁名山，做起了白衣山人。安禄山驱入长安，唐玄宗仓皇出走。肃宗灵武继位，第一件事便是四处访寻李泌，问计平叛。正因为有了李泌的运筹帷幄，长安才得以很快光复，不然韩柳二人的命运尚在水火之中。情场得意的才子韩翃，德宗年间又因一首旧作《寒食》官运亨通。据说德宗最喜欢诗中一句：寒食东风御柳斜。看看，还是依杨斜柳成就了他。

诗家杨柳之外，老百姓对杨柳也情有独钟。那些民歌小调中的杨柳一经唱出，更是缠绵悱恻，多姿多情。生活中的杨柳，在百姓看来还是避恶祛病的法物，自隋唐始，就产生了杨柳观音的画像。观世音净水瓶中所插杨柳枝，"掷地成林，林下有泉。民酌其水，折杨枝归，拂洒病者，皆愈"。此事道出杨柳又一特性：插柳成荫。**柳树遇水而活，适应能力极强，无论漂泊何方都能枝繁叶茂。**而这份美好祝愿，亦是友人送别时折柳相赠的另一番原因。最后回到别离上来，苏轼的《水龙吟·次韵章质夫杨花词》正是极为巧妙地利用了柳絮暗含离别之意，末句"细看来，不是杨花，点点是离人泪"，为点睛之笔。

桃花不管人间事

"桃之夭夭，灼灼其华。"桃最早出现在诗词之中，是美好的象征。

而桃最初与政治产生关联，更是因其稀缺而尊贵的美。《晏子春秋》载，齐景公帐下有三位勇士——公孙接、田开疆和古冶子，战功显赫，恃勇而骄。晏婴担心景公养虎为患，建议早日除去祸害。晏婴作为三朝元老，名扬列国，自是齐景公的定海神针。齐景公尽管痛感惋惜，也只得依从晏婴布计。这才成就了晏婴"二桃杀三士"的美谈。这则故事流传至今,晏相的聪明机敏和三士的有勇无谋似乎早已形成了历史定论。而我认为真正杀死三士的并非晏婴不着痕迹的"桃计",而是三士对"仁义勇"的誓死捍卫。公孙接、田开疆自刎前说:"吾勇不子若,功不子逮,取桃不让,是贪也;然而不死,无勇也。"古冶子面对上述两兄弟的尸首更是羞惭万分:"二子死之,冶独生之,不仁;耻人以言,而夸其声,不义;恨乎所行,不死,无勇。"于是放下桃子,挈领而死。抛开"仁义勇"不谈,仅凭这份羞惭之心,我便不认可他们会恃宠弄权,而这正是晏婴杀士的初衷。细读原文还是寻出了小小破绽——"晏子过而趋,三子者不起"。于是晏子入见景公,进谏了"上无君臣之义,此乃危国之器"的一番道理。《晏子春秋》记录晏子言行,乃为其歌功颂德、扬名立传的一部典籍,这些没有被过滤掉的细节,却可以为我们提供独立的思考空间。

刘禹锡将自己的政治生涯与玄都观的桃树紧紧捆绑在了一起。短暂的永贞革新失败后,刘禹锡被贬为朗州司马,成为史上赫赫有名的"八司马"之一,元和十年才奉召回京。此时庙堂依旧由新贵把持,朝廷上下充斥着攀附之风。刘禹锡犹自不肯同流,于是写下《元和十年自朗州至京戏赠看花诸君子》:"紫陌红尘拂面来,无人不道看花回。玄都观里桃千树,尽是刘郎去后栽。"题目中一个"戏"

字,即可看出刘禹锡愤世嫉俗又豁达放旷的生命态度。十年贬谪,仍改不掉这份深入骨髓的幽默。好嘛,刚回长安,屁股还没坐热,便再遭报复打击,此次贬去连州(幸亏有柳宗元担保求情,原定贬至更为荒蛮的播州),实为让你客死天涯。仅过三年,挚友柳宗元承受不住宦海浮沉,携一腔志不得伸的苦闷病逝柳州。直至宝历二年,刘禹锡奉调回洛阳任职东都尚书省,距初次被贬已整整二十三年。其时白居易也被召回京师,二人于席间推杯换盏,酬唱不绝。"巴山楚水凄凉地,二十三年弃置身。怀旧空吟闻笛赋,到乡翻似烂柯人。沉舟侧畔千帆过,病树前头万木春。今日听君歌一曲,暂凭杯酒长精神。"他豪情万丈,金句迭出,风头依然强劲。大和二年,回朝任主客郎中,他写下《再游玄都观》。"百亩庭中半是苔,桃花净尽菜花开。种桃道士归何处?前度刘郎今又来。"瞧瞧,**我是一粒蒸不烂煮不熟捶不扁炒不爆响当当的铜豌豆!** 他强任他强,清风拂山岗,他横由他横,明月照大江。我还是我,坐看你起高楼,看你宴宾客,看你楼塌了。

去年桃子熟了,朋友们相约去到后马庄品贡桃。园中立成《咏后马庄贡桃二首》,发在微信朋友圈。其一曰:陶家有好事,小妹初长成。使君若解意,早把聘媒行。其二曰:昨日入京都,片刻尽欢颜。宫门深似海,青春不得还。随即就有同学发来提问:这关桃子何事?同学肯定没有细读,不然不会不知道，更早写"桃"为"陶"的人，应是"晚唐大V"段成式。

《酉阳杂俎》中记述一则发生在唐天宝年间的故事。处士崔玄微外出采药，一年后回到洛阳时正值春日。盛春之夜，他独在微风中赏月。三更后，院里忽然进来十多个美丽女子，笑着自称姓杨、陶、李，还有封十八姨。她们坐在崔玄微身边，一起饮酒赋诗。连续几日，夜夜春宴，最后告辞时拜托崔玄微说，来年春岁二十一日平旦，东风起时请在院子东面挂上朱幡。第二年春天，崔玄微谨遵诺言。洛阳城飞沙折树，唯独他院中繁花不动。他这才明白过来，那姓杨、陶、李的女子，分别是杨花、桃花和李花的花妖。封十八姨自然是风神了。为感谢他的照顾，姓杨的女子又专程回访道谢，带来了数斗桃花和李花，告诉他吃了可延年益寿。时间来到元和初年，崔玄微还活着，不改三十岁的容貌，正是他遇见花妖的年纪。

只可惜我们没有获赠桃花长生不老的福分，桃花三月里便已落尽，那正是东君薄情的时节。出于补偿心理，我们在园中尽情品尝着汁多如蜜的贡桃，唇齿留甘。别笑我做了一枚吃货，须知桃子亦是理想的化身。上古时夸父逐日，渴死于半途之中，他的手杖铿锵落地，化作了郁郁桃林。

梅花落满了南山

"寄语林和靖,梅花几度开?黄金台下客,应是不归来。"梅妻鹤子的林逋先生,我想问问您,自从我离开之后,孤山的梅花开放又凋谢,不知已过了多少个春秋?如今我独居北方,做客黄金台下,应该是不会再回到临安去了吧。

《在燕京作》全诗短短二十字,作者一腔去国怀乡之情跃然纸上,读来令人黯然神伤。该诗作者赵显,同祖母一起离开故土北上大都之时,年方五岁。到他十九岁离京前往吐蕃大萨迦寺出家研读佛经,时间过去了整整十四年。看此诗题目及所咏情怀,当作于此间后期。而这个时间距离林逋先生去世已经过去二百六十年了。看来他关于孤山梅花这一问,思乡之情真是非比寻常啊!

乡思,具体到每一位思乡者,都会是一个个形象生动的画面,或人或事,或在旁人看来毫不起眼的某一风物。譬如小桥、雨阶、烛窗,当然还有梅花。"君自故乡来,应知故乡事。来日绮窗前,寒梅著花未?"亲爱的朋友,你刚刚从故乡到京洛来,家乡的事应该都还记得吧。只想问您弃岸登舟的那天,我家窗前的那枝梅花开了吗?王维的《杂诗三首》也是把一腔浓得化解不开的乡愁凝结在这枝明艳清冽的梅花上了。

诗史上题写梅花的诗不胜枚举,名词佳句更是层出不穷。"零落成泥碾作尘,只有香如故。""不要人夸颜色好,只留清气满乾坤。""香中别有韵,清极不知寒。""党锢诸贤销铄尽,至今千载骨犹香。"梅花孤高、清绝、离俗、逸尘的品格受到历朝历代文人墨客的追捧,若推举爱梅第一人,则非林逋莫属。

《宋史》载,林逋,杭州钱塘人。少孤,力学,不为章句。性恬淡好古,弗趋荣利。初放游江、淮间,久之归杭州,结庐西湖之孤山,二十年足不及城市。

逋善行书，喜为诗。其词澄浃峭特，多奇句。既就稿，遂辄弃之。有好事者窃记之，今所传尚三百余篇。林逋之所以名传后世，一为终身不仕，终日驾一叶扁舟，访遍西湖诸寺，与高僧相往还。每逢客至，门童纵鹤放飞，林逋即棹舟归来。二为终身不娶，他于孤山庐前植梅一株，以梅为妻，以鹤为子，清高自适。其生前为墓于庐侧梅下，与梅生死相依。今年三月，我偕妻子烟雨中赏游西湖，沿苏堤一路向北，两岸山色空蒙。北山路上辟一幽径通往孤山。果然林逋先生的墓茔旁一枝梅花绽得鲜亮。隔着如梦似幻的薄雾，我领悟到林逋先生《山园小梅》的高妙，"疏影横斜水清浅，暗香浮动月黄昏"。若非与梅已神魂交融，无间契合，又怎能吟出这"千古咏梅之绝唱"？

我知道，若干年之前，孤山的梅花还见证过一对夫妇的到来。在一个斜月冷峭的初春之夜，他们抱琴而来，于一树梅香里相对而坐，深情赋诗："良夜抱琴至，孤山山月斜。美人响环珮，远在天之涯。老鹤去无迹，寒梅初着花。为子一回首，飘瞥伤年华。"蒋坦、关锳二人自幼青梅竹马，婚后于西湖畔结庐朴居，把一段清寒贫苦的日子过得雅逸出尘，不着丝毫功利，令后世文人钦羡不已。那一夜，他们兴之所至来孤山访鹤寻梅，一定是遥想起了林逋先生吧。

若问询孤山的梅花,赵显还有第二个人可选吗?公元1290年,赵显一路奔波来到大萨迦寺,法号合尊,习学藏文,很快便在藏传佛教领域崭露头角。后来他潜心向佛,四处讲经,又将《百法明门论》《因明入正理论》等汉文佛教经典译成藏文,终成一代佛学大师,成就了一段西藏佛教史上的传奇。只可惜,传奇刚刚开始,灾难如影而至。"至治三年四月,赐瀛国公合尊死于河西"。元英宗至治三年,即公元1323年,赵显入藏出家已是第三十五个年头了。三十五载春秋,昏黄幽暗的酥油灯下,昼夜不舍的诵经声里,孤山的梅香是否会一缕缕袭上他的心头?相传祸端正是他那首早年诗作《在燕京作》,被有心人翻出来,坐成了文字狱。

难道一个人思念故园就要引来杀身之祸吗?是的,因为他的名字是赵显,南宋第七位皇帝宋恭帝。"乱点连声杀六更,荧荧庭燎待天明。侍臣已写归降表,臣妾签名谢道清。"谢道清即为当时主政的赵显的祖母谢太后,当年的北上大都原来是俯首称臣。明白了诗人身份,我们再来读读这首小诗,便可体会到他心中的悲哀,随着举重若轻的一问,已如海上潮汐无边无际地汹涌而来。这份欲说还休、不共人言的悲哀,远远超越了李后主的"问君能有几多愁?恰似一江春水向东流"。对于降帝,新朝先是怀柔利用,以示宽容,而后坐罪杀之,是史上通行的更替规则。乐不思蜀版的装傻卖萌没用,出家为僧版的隐身遁世也一样不行。如诗所言，宋恭帝自五岁北上，至死再也未能踏足他魂牵梦萦的江南。

或许他的命运早在一百五十年前，就已被先祖宋徽宗赵佶用独创的瘦金小字写就。在五国城的冰天雪地之中，这位堪称书画天才的女真俘虏，给旧臣写信依旧文艺范儿十足。"朕身上生虫，形如琵琶。"身陷囹圄，命悬一线，他犹有心情扪虱细察。或许是在某个寒风凄凄的夜里吧，冷月之下，一管羌笛唤起了他对故国家园的无限思念："花城人去今萧索，春梦绕胡沙。家山何处，忍听羌笛，吹彻梅花。"月上孤山，落梅缤纷，如泪如雨，这情景度成曲子，离乡人听来一定是悲凉彻骨、痛断肝肠的。

宋徽宗和宋恭帝，一个殒命大漠，一个葬身雪原。在我看来，他们赋诗填词，也只是真的思念家乡，恢复山河的雄心壮志之说，只是一些人的牵强附会而已。很是巧合，二人生命都完结在知晓天命不久的五十四岁。

现代诗人写梅花，我最钟情张枣的《镜中》。他写：**"只要想起一生中后悔的事，梅花便落满了南山。"** 这意境是通达古今的。

兰花不语,只一味芬芳

"草木有本心,何求美人折。"张九龄写完《感遇》这句诗,搁笔,转身。在他身后,盛唐已无可挽回地衰落下去。

开元二十五年,花甲之年的张九龄驰驿上任来到荆州。三年中,他"每读韩非《孤愤》,涕泣沾襟"。想到自己晚年遭遇谗毁,忠而被贬,遂作《感遇》十二首。大学古代文学教材中,张九龄的文字大约出现在沈杜之后,只有一个小节,重点讲他的《望月怀远》。彼时读诗，鲜衣怒马，一心奔着李白杜甫而去，谁的目光会在张的身上做短暂停留！三十年之后，再来读读张九龄，却忽然发现他在唐朝政坛所起的作用，远非李杜所能及也。他的形象、风度、品行、操守，几乎称得上"冠盖全唐"，而且他在从政之余，还能写出"海上生明月，天涯共此时""思君如满月，夜夜减清辉"如此美妙的诗句，我已经同唐玄宗一样变身为张的铁粉了。

唐玄宗的审美在古代帝王中可谓是一等标准了。且不说他所宠爱的女人位列古代"四大美女"之一，只说他书法绘画，吟诗围棋，凡与艺术相关者无不精通。最令人望尘莫及的是他通晓音律，与杨氏姐妹编舞度曲，兴办梨园，开创了中国戏曲艺术的先河。就是这样一位标准极高的君王，在仰慕张的同时，自觉将公卿的选材标准依张而设。《旧唐书·张九龄传》载：后宰执每荐引公卿，上必问："风度得如九龄否？"如果这对"密友"不被拆散，开元盛世能否得以延续？**历史没有假设，一切尽是未知。**

不过有一件史事倒确是可知。开元二十四年，即张遭贬谪之前一年，范阳节度使张守珪曾向中书令张九龄报告，自己手下一员番将讨伐契丹失利，已将其押解京师，请朝廷处以军法，斩首以正朝典。这名番将早年入京汇报工作时，张即接见过此人，对其心机和行为印象深刻，暗中已下断语——乱幽州者，必此胡也！张九龄欲借此良机，为大唐永绝后患。没想到，张九龄的审批意见被李隆基一笔勾销。为了显示皇恩浩荡，李不顾张百般提醒，居然将番将纵虎归山。事后不久，张九龄获谴，退出了中央政治舞台，他再也没有机会来矫改李隆基这个覆水难收的错误了。

整整二十年之后，从马嵬坡艰难走过来的李隆基，孤身躲在成都一隅，为自己当年所犯错误流下了悔恨的泪水。《唐语林》："（上）又谓力士曰：'吾取张九龄之言，不至于此。'乃命中使往韶州，以太牢祭之。既而取长笛吹自制曲，曲成复流涕，诏乐工录其谱。至成都，乃进谱而请名……良久，上曰：'吾省矣。吾因思九龄，可号为《谪仙怨》。'"而此时，张九龄已经去世十六年了。当年他力主正法的那名番将，名叫安禄山。开元盛世能否延续尚未可知，但好好一个大唐，让"安史之乱"冲得七零八落是绝对可以免除了。

时间由此上溯一千二百三十四年，鲁定公十四年的祭天典礼结束之后，孔子没有从三桓大夫那里分得一块祭肉，于是他心中明白自己在鲁国已经不会有任何作为了。于是五十五岁的他开始了长达十三年的流亡生涯。隐谷之途，他见到一株兰草生于杂草丛中，遂停车坐在路边，抚琴而歌：习习谷风，以阴以雨。之子于归，远送于野。何彼苍天，不得其所。

逍遥九州，无有定处。世人暗蔽，不知贤者。年纪逝迈，一身将老……《猗兰操》唱完，又发一声长长的喟叹："夫兰当为王者香，今乃独茂，与众草为伍，譬犹贤者不逢时，与鄙夫为伦也。"足见孔子虽不甘心做一名隐士，他却从未要改变自己清气如兰的高洁志趣。在韩愈为散佚的《猗兰操》补录诗文中，我最喜欢"兰之猗猗，扬扬其香。不采而佩，于兰何伤"。

自《离骚》以降，历代文人出于对兰的仰慕和爱护，为了使兰免遭戕害，都喜欢营造"兰生幽谷"的画面。"空谷有佳人，倏然抱幽独。""春风岁岁生空谷，留得清香入素琴。""西风寒露深林下，任是无人也自香。""非无脚下浮云闲，来不相知去不留。"洁身自爱，于是兰得其君子之名。

君子行世，必不见容于小人。你形象好，他嫉妒；你才学高，他嫉妒；你品行端正，他更是恨之入骨。他必要亲手毁灭这一切，令世人不敢做君子，方才称意而后快。南宋朱弁《曲洧旧闻》载：吴伯举守姑苏，蔡京一见大喜，入相首荐其才，三迁中书舍人。后以忤京落职，知扬州。客或有以为言者，京曰："既作官，又作君子，两者可得兼耶？"古代官场只有两条路，要么是君子退出，要么是同流合污。张九龄无奈选择了退出。

张九龄为开元盛世殚精竭虑之时，李林甫悄然来到了他的身边。初始,张依凭玄宗对自己的信任不以为意,依旧事事忠直。《开元天宝遗事》记:忽一日,帝曲宴近臣于禁苑中,帝指示于九龄、林甫曰:"槛前盆池中所养鱼数头,鲜活可爱。"林甫曰:"赖陛下恩波所养。"九龄曰:"盆池之鱼犹陛下任人,他但能装景致助儿女之戏尔。"帝甚不悦。玄宗屡次不悦之后,一日终于按捺不住:"事总由卿?"随着友谊的小船说翻就翻,李林甫得以上位。小人没有底线,张九龄很快意识到了自身处境的艰险。他特作《归燕》赠予李林甫,以"无心与物竞,鹰隼莫相猜"来剖白心迹,期待小人能良心发现。君子怎么可能求得小人心慈手软?朝奏夕贬,谪去荆州。三年之中,张九龄白日里与孟浩然等人畅游山水,寄情自然,以兰草自喻,表明抱清守洁之志。可是当他夜晚独自一人来到江边,面对孤月一轮,便不由悲从中来。"飞沉理自隔,何所慰吾诚?""抱影吟中夜,谁闻此叹息。""至精无感遇,悲惋填心胸。""所怀诚已矣,既往不可追。"这份精诚,正是玄宗所制《谪仙怨》最好的注解吧。短短三年时间,张九龄饮恨而逝。从《感遇》十二首中,我们可以读出,这一枚误入红尘的兰草,他再也回不去出山之前的清闲自适了。

"一片空山石,数茎幽谷草。写寄风尘人,莫忘林泉好。"风尘中人,便是君子,圣如孔子,贤若张文献公,又有几人真的能回到林泉之下?空谷生幽兰,可叹无惜怜。不为早折损,切莫出深山。独善其身,才是兰最好的归宿吧。史家认为,"安史之乱"是唐朝由盛转衰的分水岭。我却相信,开元二十五年四月十四日,在长安大明宫的朝堂之上,顺着李林甫暗自得意的目光望去,被李隆基一道圣旨送走的,绝非仅仅是张九龄那个清高孤寂的背影。可是在盛世欢歌的霓裳羽衣曲里,有谁能听到动地而来的渔阳鼙鼓声呢?

红了樱桃,绿了芭蕉

樱桃的英文写作 cherry,音译为车厘子。这个名字却不可倒推。如果你认为车厘子就是樱桃,那就大错特错了。准确地讲,车厘子只是欧洲甜樱桃,跟我们在诗词里读到的中国樱桃风马牛不相及。

中国樱桃最早载于《礼记》:是月也,天子乃以雏尝黍羞,以含桃先荐寝庙。文中"含桃"即樱桃。樱桃的别名很多,我最喜欢莺桃。其实含桃之名,也出于此。高诱《淮南子注》:莺所含食,故言含桃。

宋代洪迈《夷坚志》有诗云："莺啄含桃未噀时。"可见，鲜艳欲滴的樱桃实为黄莺鸟的最爱。**小小黄莺，歌喉婉转，招人喜爱，岂非没有樱桃的功劳？**

樱桃最早出现在诗词之中，是汉代辞赋大家司马相如的名篇《上林赋》。继《子虚赋》之后，《上林赋》不仅奠定司马相如汉赋大家的地位，同时也为他赢得了汉武帝的欣赏推重，一路擢升为郎。升官之后，司马相如在长安锦衣玉食，很快便淡忘了患难之妻卓文君。想当年卓文君抛弃荣华，为司马相如私奔离家，后又当垆卖酒，苦守清贫，默默做着成功男人背后的女人，谁知最后竟然收到了男人寄来的绝情书。据传信中所写仅有从一到万的数字。卓文君精通诗文，自然懂得这样的文字游戏，独少"亿"字，乃"无意"也。卓文君绝非等闲女子，心如刀割，提笔回复："一别之后，两地相悬，虽说是三四月，谁又知五六年，七弦琴无心弹，八行书无可传，九连环从中折断，十里长亭望眼欲穿，百思想，千系念，万般无奈把郎怨……"从一数到万，再从万回数到一，将心中的苦闷反复咏叹，到底是打动了良心未泯的司马郎，二人和好如初。

樱桃在我国虽早有种植，但栽种难度高，故产量有限。外加皮薄个小，不易运输，因此稀缺得很。山西有首小调唱：樱桃好吃树难栽，有了那些心思妹妹呀口难开。山陕民歌中，较好地继承了《诗经》中的"赋比兴"手法。栽种樱桃有多么难呢？就跟情窦初开的年轻人表达爱意那样难。诸君只管去想象吧。

从上文《礼记》所载不难看出，樱桃贵为皇家祭祀用品。唐代中期，祭祀结束之后，皇帝还会将樱桃赏赐群臣，作为一种荣誉，这显然已初具政治功能。王维《敕赐百官樱桃》："芙蓉阙下会千官，紫禁朱樱出上阑。才是寝园春荐后，非关御苑鸟衔残。"王维能得到赏赐，可见他在皇帝心目之中还有一席之地。"安史之乱时，王维被叛军俘虏，囚禁起来做了伪官。战乱平息之后，投效叛军者一律下狱当斩。此时王维所作《凝碧池》传到皇帝耳中，诗曰："万户伤心生野烟，白官何日更朝天？秋槐叶落空宫里，凝碧池头奏管弦。"有此思念朝廷的悲痛一问，再加上旧日能吃上皇家樱桃，王维有幸得获垂怜，捡回了一条小命儿。至此王维愈加坚定了求佛问道的决心，寄情于山水之间，赋诗作画，亦逐步趋向禅意空灵。于是为后世留下了诗画天成的佳作《鹿柴》《鸟鸣涧》《竹里馆》《辛夷坞》等。

王维炫耀皇家赏赐，白居易则另辟蹊径，盛赞自家"养"的樱桃——"樱桃樊素口，杨柳小蛮腰"。白居易在成功赢取了众多男人忌恨的同时，也将樊素和樱桃结实地捆绑在了一起，为后来创作提供了借代和隐喻。宋代曾觌《浣溪沙》中有一联写樱桃甚妙：樊素扇边歌未发，葛洪炉内药初成。现在我们夸赞美女，也不外乎"柳叶眉，杏核眼，樱桃小口一点点，杨柳细腰赛笔管"，是不是美女都要像樱桃一样的小嘴儿呢？此言差矣。想象一下，人的嘴巴如果真的只有樱桃那么大小，非但不美，弄不好还应算作残疾。诗人笔下的樱桃小口，实际讲的是盛于唐代的点唇妆。唐朝的女子在嘴唇正中点染一点胭脂，恰如樱桃之小之红之润之艳。喜欢考证的朋友可检索《捣练图》《簪花仕女图》对照一下，自行得出结论。

历史上樱桃不单单和美女相关。安史之乱后期，安禄山父子早已被史思明父子取代。史思明虽是一介武夫，但也是一位父亲。洛阳的樱桃熟了，这位自立为王的杂胡皇帝首先想到了据守前线的儿子史怀义。立刻叫人装好一筐鲜艳欲滴的樱桃，快马加鞭给儿子送去。为了表达满腔爱意，史思明舞笔弄墨，立成一诗："樱桃一笼子，半赤半已黄。一半与怀王，一半与周贽。"身边有文人善意提醒说，后面两句不押韵，若能颠倒过来，就是一首不错的诗了。史思明认真回答：不管押不押韵，反正不能把周贽写在我儿子前边！为了儿子，不惜废掉一首好诗！当我们还没来得及抚平这一颗感动之心，史怀义就瞅准时机与周贽联手将史思明弑杀，踏着父亲的鲜血登上了皇位。

由唐入宋，迎面而来的即是蒋捷的《一剪梅·舟过吴江》，虽说来得晚了一些，但宋代录此一首小令足矣。"一片春愁待酒浇。江上舟摇，楼上帘招。秋娘渡与泰娘桥，风又飘飘，雨又萧萧。何日归家洗客袍？银字笙调，心字香烧。流光容易把人抛，红了樱桃，绿了芭蕉。"春末夏初，樱桃红了，芭蕉绿了，时序悄然更替。天涯客子，羁旅途中，对此时光流逝，更易触弄一怀愁绪。最后一句之所以被人反复引用，是因为它将无形的光阴具化到了樱桃和芭蕉上，而且还赋予了它们极为醒目的色彩，于轻描淡写中给人以强烈的感官刺激，叫人无法忘怀。丰子恺用这句诗画图——窗前一盘鲜红的樱桃，窗外两叶嫩绿的芭蕉，一只蜻蜓欲飞欲落，最妙的是桌上还有一根香烟缓缓燃烧。这袅袅升腾的烟雾不正是易逝的光阴吗？

清代词人纳兰性德的《饮水词》，因为一句"人生若只如初见"的流传，近年受到了年轻人的狂热追捧。现代词学家顾随先生曾将纳兰词喻为樱桃，其意为入口之初极有新鲜感，但后味不能隽永，委实可惜。且不论喜食樱桃的人们，是否同意顾先生"味不隽永"的观点。只说我在读纳兰词的时候，也会隐隐然产生一丝发力过猛后劲难继之感。这样的力量，或许是因为年纪轻轻，或许是因为用情太深，或许是两者兼而有之。那样轻的年纪，那样深的情感，成就了他的诗词，也毁坏了他的性命。

红豆最相思

写下"红豆"二字,便随口吟出:"红豆生南国,春来发几枝。愿君多采撷,此物最相思。"此诗原题为《江上赠李龟年》。李龟年在湘中采风使宴席上,深情北望,抚琴而歌,举座泫然之中,他当场昏厥,四日之后复醒。王维与李龟年都是誉满长安的音乐达人,可以想见这首诗当年的风靡程度了。开元三年,王维西渡黄河,只身闯荡长安,一曲琵琶动京城。"谁家今夜扁舟子,何处相思明月楼。"那时的王维玉面朱唇,俊逸神飞,也仅是十五岁的懵懂少年,相思还无涉于他。

红豆入诗，表相思意，并非诗人的原创。相传，汉代时闽越国有一男子被强征戍边，他的妻子终日立于村口树下望归。几年之内，同去的人陆续归来，唯其丈夫杳无音信。妻思更切，守望树下，朝盼暮想，寸断柔肠，终至泣血而亡。翌年春天，树上忽然结出累累豆荚，果实色红如血，鲜艳欲滴。人们视其为贞妻挚妇的血泪凝成，称为"相思子"。这便是红豆表意相思的由来。

在海量关于红豆的诗词中，我最喜欢温庭筠的《新添声杨柳枝词》其二："井底点灯深烛伊，共郎长行莫围棋。玲珑骰子安红豆，入骨相思知不知？"温庭筠是第一位放下身段专力"倚声填词"的诗人。温词"情致含蓄，秾丽密隐"，被尊为"花间词"的鼻祖，被后世词人冯延巳、李煜、欧阳修、晏几道、柳永、周邦彦和吴文英奉为偶像。这首小令之中，其"含蓄隐秘"的词风表现得淋漓尽致——如墨的深夜里，摇曳的烛光下，我与你相对而坐，玩着"长行"的游戏而不愿去围棋。你看这玲珑的骰子上红豆点点，不晓得你看没看出来，就像是相思已深入了骨髓。显然，整首诗依旧习惯性地发自一位女性的口吻，其"含蓄隐秘""深情远韵"尽现在"谐音、双关和隐喻"之中。"深烛伊"，即为"深嘱伊"——深情地嘱咐你。"长行"与"围棋"，以游戏之名，隐喻"远行久别"和"违了归期"。后面两句，可谓一语双关，借骰子上镶嵌的红点，告诉对方自己入骨的相思之意。通晓了这些机关，我们再来读诗。"如墨的夜色，烛光摇曳，我深情地望着你，多想把心里的话说与你听。明天你就要远行了，这一别又是经年累月，山水隔阻，你可千万不能忘了归期啊！你知道吗？我独守空闺，废寝忘食，昼夜不舍，对你的相思就像这手中的骰子一样，早已深深地铭刻进我的骨髓了。"我想，温庭筠能将女人的心思写得如此委婉缠绵，一定同他与鱼幼薇的那段旷世传奇的师生恋不无关系。要知道，因为年龄相差悬殊，更由于自感容貌丑陋，温庭筠在逃避这如花少女的爱情叩问时，可是看遍了《遥寄飞卿》《冬夜寄温飞卿》诗中的"愁风怨月""落花折柳"。

　　鱼幼薇留给温庭筠最后的身影是她一步步走向辽阳的刑场，而她交给老师的最后一首作业里写着"易求无价宝，难得有心郎"。相较温、鱼之恋的悲惨结局，清代黎简一生与妻子梁雪深居简出，足不逾岭，甘于寂寞清贫，终成"诗书画印四绝"。袁枚钦其高节，游至罗浮，邀与相见，谢而不往。黎妻逝后，他在坟上手植一株红豆，以慰思念。多年之后，黎于邕江舟中，梦见为妻写回家书，仅书"家贫出门，使卿独居"八字，便风浪触舟而醒。其感慨多病少眠，梦不易得，遂作《悼亡诗》以记：一度花时两梦之，一回无语一相思。相思坟上种红豆，豆熟打坟知不知？虽不见元稹"唯将终夜长开眼，报答平生未展眉"句中的痴情缱绻，但"豆熟打坟"一问，也足以令人凝噎而泪下了。

相思之情总是带着一缕悲怨的色彩。可是能将相思写得风趣，也是一番难得的功夫。这首《鹊桥仙》署名蜀妓，可见是一位风月场中的词曲高手。据周密《齐东野语》载：陆游的一位门客，自蜀地带回一妓，陆游只好将她安置在外居住。该门客每隔数日去探望一次，偶因患病暂时离去，引得蜀妓疑心。门客归来作词申辩，蜀妓和韵作答："说盟说誓，说情说意，动便春愁满纸。多应念得脱空经，是那个先生教底？不茶不饭，不言不语，一味供他憔悴。相思已是不曾闲，又那得工夫咒你！"

这真是一首半气半戏、又痴又恼的好词！"说什么山盟海誓，说什么情深义重，动不动就忧天愁地。你这些甜言蜜语、虚情假意，休想再瞒得过我。快快老实交代，你一贯撒谎骗人，弄虚作假，是哪个老师教的？为了你我茶饭不思，为了你我泪流不语，一日日容颜憔悴，我有多么不容易。天天从早晨到黄昏，都是想你还来不及，谁有那闲工夫舍得去咒你骂你！"会心一笑之余，仔细体味，这女子佯嗔带笑的情态之中，眼角亦应噙着两颗晶莹的泪花。

胡适曾在张慰慈的扇子上写了这样一句话：爱

情的代价是痛苦的,爱情的方法是要忍得住痛苦。后来用《生查子》的词调,写作一首小诗:"也想不相思,可免相思苦。几次细思量,情愿相思苦。"我犹记得大学现代诗歌课上,张老师赏析此诗时,特别讲到,"几""次""细""思",这四个字都是齐齿音,连在一起读,便给人以"咬紧牙关忍住苦痛"的感觉。我们一遍遍读下来,真的读出了"相思便要忍痛"的人生况味。胡适在《再版自序》中写道:凡能充分表现诗意的自然曲折、自然轻重、自然高下的,便是诗的最好章节。

　　写至此处,蓦然回想起一幕年少时独自观剧的场景。窗外夜色渐浓,剧中一老艺人怀抱琵琶,于新月楼台之上,用苍凉之声在唱:人言海水深,不抵相思半,海水尚有涯,相思渺无畔……时隔多年,剧情我早已淡忘,这诗句却一直记忆犹新。尽管在那个少不更事的年纪,我尚不知相思为何物也!三十年后,我在读《越人歌》时随手写下:"山有木兮木有枝,心悦君兮君不知。世人只道黄连苦,千倍万倍是相思。"正如王国维《红豆词》所言,"累累本是无情物,谁把闲愁付与他"。是啊,同摩诘居士一样,红豆还是那颗红豆,少年却不再是那个少年了。

人间富贵花

"唯有牡丹真国色,花开时节动京城。"刘禹锡一句诗,奠定了洛阳牡丹的国花地位。其实牡丹故乡在曹州,只是一则故事火了洛阳牡丹。

先说故事上篇。当初武则天一怒之下,将牡丹贬至洛阳,未曾想反倒是成就了它。可是话又说回来,在那个大雪纷飞的隆冬之夜,武皇醉笔写下诏书:"明朝游上苑,火急报春知。花须连夜发,莫待晓风吹。"百花慑于此命,夜里竞相开放。只有牡丹敢于抗旨不遵，这样不媚上不唯权的底气，自然当得起国花之名。如此看来，到底还是它自己成就了自己。

牡丹在我国栽种培育的历史可上溯到南北朝时期，《嘉记录》《太平御览》等文献均有记载。至隋唐时已繁盛无比，蔚为大观。李白的《清平调》三首，即是借着描写形色各异的牡丹赞美杨玉环，从而取悦了明皇而得以专享高力士脱靴的尊荣。《龙城录》中记有一人："洛人宋单父，字仲儒，善吟诗，亦能种艺术，凡牡丹变异千种，红白斗色，人亦不能知其术。上皇召至骊山，植花万本，色样各不同，赐金千余两。内人皆呼为'花师'，亦幻世之绝艺也。"此人没有李白的冲天才气，也便没有诗仙那样坎坷的求职经历。可他仅凭能种牡丹，就轻而易举地赢得了玄宗的青睐，被授予"大唐花师"的光荣称号，荣耀一生。

五年前的四月，我和爱人去洛阳赏牡丹。一出站口，满目鲜花着锦，一城焚香欲燃，每到一处，都教人神魂颠倒，如同饮了一盏"千红一窟"。纳罕之余查阅资料方知，如今牡丹的花色品种已不可胜数。仅从颜色一项试举几例，便可以感受到牡丹的美艳。譬如醉酒杨妃、飞燕红妆、出水洛神、貂蝉拜月、二乔、金屋娇等，几乎将古代美女囊括其中。最值得费一番笔墨者名绿珠坠玉楼。此牡丹洁如玉脂，每片花瓣的中间都有一颗碧斑，恰似绿珠坠入玉液琼浆之中，令人不由想起西晋美人绿珠姑娘。这牡丹简直美得不可方物，但是在我看来，这款命名却是残忍得很。绿珠姑娘自小才貌出众，卓然不群，在青春正好的年纪，被洛阳土豪石崇纳为爱妾，这几乎是她无法摆脱的命运。石崇能在史上留名，皆因他勇于和王恺斗富。石崇并非簪缨世家，在极其讲究门阀的魏晋很难出人头地。但他因为有钱，在追求及时行乐、穷奢极欲的晋代照样可以无限风光。这样一个依靠搜刮民脂民膏、聚敛财富的地方官员，除了借用绿珠的美貌来装点门面、夸豪竞奢之外，他会给到绿珠一丝一缕的精神之爱吗？绿珠姑娘长年禁锢在金谷园中，豢养如宠物，被恶俗男人玩弄于股掌之间，这可曾是她想要的生活呢？说这个史载"杀妓侑酒"、床边常备"肉屏风""肉痰盂"的男人恶俗真是轻饶了他，绿珠一天天都在目睹着他的丑陋与罪恶，体味着他的卑鄙和暴虐，她怎么会像史家所述，为了表示对石崇的忠贞不渝，在孙秀闯进金谷园时而选择纵身一跃呢？我同意夏坚勇教授的解析，绿珠是因绝望而死。她的死"是一种解脱，也是一种抗争——向丑恶的男性世界的抗争。可惜这种抗争却被后人曲解了，硬是给她竖了一块'殉情'的贞节牌坊"。"繁华事散逐香尘，流水无情草自春。日暮东风怨啼鸟，落花犹似堕楼人。"在所有吟咏这段往事的诗词中，杜牧《金谷园》于凄婉中发出了繁华易散的感慨，大约是最接近绿珠坠楼时孤绝悲凉的心境的。

将牡丹比作美人，诗词之中并不鲜见。可是借用牡丹的美来警醒亡国之君，好像历史上仅有一例。宋僧惠洪《冷斋夜话》中讲了一则小故事。宋军大举南下，饮马长江。可是金陵城中后主李煜仍在赏月观花，诗酒歌舞。法眼禅师看到御苑中盛开的牡丹，作牡丹诗偈有句："发从今日白，花是去年红。何须待零落，然后始知空。"无奈后主省悟不到花容难驻、娇艳不常的警示，依旧沉湎声色，苟且偷安，终至金陵城破，肉袒出降。身为亡国之君，囿于汴河一隅，追思当年的牡丹诗偈，后主的词自此得以从花前月下转入故园山河。王国维《人间词话》：词至李后主而眼界始大，感慨遂深，遂变伶工之词而为士大夫之词。"国家不幸诗家幸，赋到沧桑句便工。"国色天香的牡丹，借李煜之目助推了危如累卵的南唐小国的覆灭，同时也借李煜之手将词推入了一个更为深挚宏阔的境界。

再说故事下篇。刚强不屈的牡丹一到贬谪之地，便在洛阳烈火烹油般昂首怒放，无拘无束，无遮无拦。这更加激怒了武则天，她敕令用火烧死牡丹。翌年春天，枝干被烧焦的牡丹反而开得云蒸霞蔚，春色无限。武则天这才见识到牡丹的矢志不移，敬佩牡丹的焦骨刚心。而千百年来，无数诗人墨客的笔触只是停留在牡丹"形色香"的表面，这实在是风骨牡丹的悲哀。明代俞大猷《咏牡丹》："闲花眼底千千种，此种人间擅最奇。国色天香人咏尽，丹心独抱更谁知。"俞大猷为明代抗倭名将,与戚继光并称"俞龙戚虎"。他的奇节与抱负也只有牡丹独守丹心差可比拟了吧。

行文至此,不得不说到《牡丹亭》了。"原来姹紫嫣红开遍,似这般都付与断井颓垣,良辰美景奈何天,赏心乐事谁家院……"**无论何时听到这段《皂罗袍》,我都在大美中听闻出了大悲,那真是一种无可名状的情愫。**"无可名言,但有惭愧。"作为写作之人,我不得不饱尝此种遗憾。但我也同样庆幸,这般神启似的感觉并不会光临世上的每一个人。

汤显祖是一个十足的理想主义者。他洁身自好,不谙世情,二十一岁中举之后婉拒权相拉拢,致使空负才名,屡试不第。万历十一年张居正死后,汤才子终以三十四岁高龄得中进士,到南京赋了八年闲职。万历十九年,他因目睹官僚腐败愤而上《论辅臣科臣疏》,触发圣怒而贬为地方小吏。在浙江遂昌,他"云钳剧,罢桁杨,减科条,省期会,建射堂,修书院",劝农桑,施善政,使得浙中偏僻贫瘠之地大为改观。遇赦一年的他把这里看作了自己的理想王国。他为实施自己的政治主张一无顾忌,擅自释放狱中囚犯回家过年,准许他们元宵节陪同家人上街观灯。如此富于理想,怎能为官场所容?

一旦政敌把柄在手,暗箭冷枪射来,理想破灭的汤才子即溃不成军。那是万历二十六年,四十九岁的汤显祖一纸辞呈,扬长而去。他坐回家中窗前,将毕生理想化作锦绣文字,一笔一画,注入起死回生的情爱传奇之中,著成了戏剧史上"前无作者,后鲜来哲"的"玉茗堂四梦"。

《牡丹亭记题词》曰:"情不知所起,一往而深,生者可以死,死可以生。生而不可与死,死而不可复生者,皆非情之至也。"有此一语,天下情爱尽矣。

杜鹃花从不后悔盛开

李时珍记：杜鹃出蜀中。写杜鹃，自然从蜀中起笔。

相传助武王伐纣成功之后，古蜀国国王杜宇称帝，号曰望帝。望帝晚年遇鳖灵治水而禅位，其后隐居西山修道。其生前热衷教授黎民稼穑，死后遂化身为鹃鸟。蜀人闻听鸟鸣，知是"望帝魂"也，因呼为杜鹃。每当春回大地，杜鹃就会飞来，彻夜啼叫，唤醒人们回归故土，辛勤耕耘。直至嘴角啼得血流不止，洒在大地之上，染红了漫山遍野的杜鹃花。

千百年来，每一个出入蜀境的人，都曾在那天梯石栈般的蜀道之上，听闻过杜鹃的泣血哀鸣。李太白写："但见悲鸟号古木，雄飞雌从绕林间。又闻子规啼夜月，愁空山。蜀道之难，难于上青天，使人听此凋朱颜！"沈佺期写："独游千里外，高卧七盘西。山月临窗近，天河入户低。芳春平仲绿，清夜子规啼。浮客空留听，褒城闻曙鸡。"沈诗名为《夜宿七盘岭》，想必正是蜀道关隘之一的七盘关。赘述两句，七盘关地处川陕交界处，所谓七盘，放眼望去，便见重重叠叠的群山，险之又险。而从四川出蜀，此关赫然名为"棋盘关"，北望关中，阡陌交错，田畴如秤，天下之争，恰如一方漫长的棋局。一字之差，颇见命名人的视角与眼界胸怀。

在诸多咏蜀中杜鹃的诗词之中，我偏爱清代曾觐的《子规啼》："平羌江口江水清，峨眉山头山月明。江楼望月人未寝，肠断子规啼一声。"峨眉山下，平羌江水静静地流淌，一轮明月升起，映照得大江空明如练。这是一个何其宏阔的空间，又是何等遥不可及的画面。而后，心有灵犀的摄影师仿佛洞察到了读者的心思，正在将镜头缓缓推近，聚焦点越来越小，最后定格在江边一处小小的楼台之上，望月的人春衫单薄，鬈鬓慵散，她却迟迟不肯归去。在溶溶的月色中，她的思念缘着月光，顺着流水，飞向天际。如此寂静的画面，蓦然传来子规一声悲啼，短之又短，稍纵即逝。再看那山那月那江那楼，丝毫未变，只有那人儿，顷刻之间已心痛难忍。唉，美好的春天又要过去了，而他还未定归期，怎不令人寸断柔肠。一滴晶莹的泪珠，掠过憔悴的脸庞，透着月色如金，似一枚琥珀，坠入大江，无声无息。这首小诗，意境好，诗技也高。江口江水清，山头山月明。开篇两句便巧妙运用了重复的手法，这样的节奏吟咏起来恰到好处，又不露痕迹地强化了空间的辽阔旷远。"清""明"二字，看似写景，实则造境，为主人公登场营造出清凉之境。从山头，到江面，再到江边，上楼台，倚栏杆，画面由远及近，始终都是在无声地移进，直到画面之外传来那一声悲鸣。也仅仅这一声，不是诗人吝啬，一声已足够摧折人心。张先曾写道：数声鶗鴂，又报芳菲歇。可是在这个暮春怀人之夜，谁能消受得住数声呢？

杜鹃出蜀之后，别名先后加在一起，不下十数种。"子规""子归""杜宇""子鹃""鶗鴂""布谷""谢豹"等，实则皆为杜鹃鸟。这几个还算是较为常用的，诗人会根据平仄韵律的需求，做出最佳选择。于是**我们有幸在诗词之中，听闻各地鹃鸟的啼鸣。**"铜梁路远草青青，此恨那堪枕上听。""楚天空阔月成轮，蜀魄声声似告人。""曾为越旅与吴栖，惆怅春风畏汝啼。""秦城啼楚鸟，远思更纷纷。""可堪孤馆闭春寒，杜鹃声里斜阳暮。""不论南北与东西，但是春山有子规。"此时诗人的笔管就演化成了小巧玲珑的笛管。可是这支笛管，千百年摹拟出来的依旧是思归不得归的忧悒之音。

诸位或有疑问，文章已近尾声，草木诗词如何单写杜鹃鸟？上文已讲，杜鹃花正是由于杜鹃鸟啼血而染成，此亦算是事出有因、说从源头的太史公笔法吧。成彦雄诗云："杜鹃花与鸟，怨艳两何赊。疑是口中血，滴成枝上花。"其实杜鹃花也多有入诗，别名也随地域不同而各异。譬如，江南山野间多称映山红，而到了终年覆雪的长白山，它又是朝鲜民族最钟爱的金达莱了。杜鹃就像一位双栖发展的影视明星，有幸横跨了动植物两界，这本来就是不多见的。

最后再回到蜀中来。宋乾德二年，宋军大举伐蜀，一路摧枯拉朽，径至成都。乾德三年正月十九日，后蜀国主孟昶闻风丧胆，开城纳降。身为罪君，他与宠妃花蕊夫人，又携三千宫娥，一路被押付东京汴梁。历经蜀道千辛万苦，行至葭萌关驿站终得片刻喘息。花蕊夫人觅得这一时半刻，在驿站墙壁上奋笔疾书：初离蜀道心将碎，遗恨绵绵。春日如年，马上时时闻杜鹃。孰知刚题写半阕，便被押解的军卒催促上路，无情夺走了手中笔墨。花蕊夫人回首怅望，杜鹃声里痛别家山，跟随着身前的亡国之君，黯然踏上了生死未卜的前程。只是她不曾预料，正是这半阕《采桑子》，为后世词坛留下了一段续写不尽的千年公案。

在繁华富庶的东京汴梁，在高不可攀的金銮殿上，在趾高气扬的胜利者面前，在宋太祖欲壑难填的目光里，花蕊夫人会有何等表现呢？还记得葭萌关驿站的那面墙壁吗？不知过了几时，也许是在花蕊夫人被赵家天子纳入后宫之后，有人将那首《采桑子》续写了下阕：三千宫女如花貌，妾最婵娟。此去朝天，只恐君王宠爱偏。我们在这里读到了一个搔首弄姿的轻薄女人，一个在亡命路上就准备投怀送抱的卑贱女人，一个为了取得新主子专宠而志得意满的无耻女人。因为一位无聊文人的无聊续写，这首小词得以完整的面貌传世。可是在不明真相的历史里，却将花蕊夫人永远无情地钉在了耻辱柱上。

花蕊夫人确以其花容月貌被宠之后宫，但她从未恃宠展颜，很快便抑郁而逝。除了这半首《采桑子》，她还留有一首绝句。那是她初见宋太祖时，用以回答炫耀战功者关乎亡国之感的提问。哀怨与激愤在心头郁结已久，经过蜀道上千回百转的酝酿发酵，有如杜鹃啼血一般，此时节冲口而出："君王城上竖降旗，妾在深宫那得知？十四万人齐解甲，宁无一个是男儿！"有这首慷慨奇崛、速求一死的《述国亡诗》作证,我们真的有必要为这个生不逢时的女子正名,穿越时空,回到驿站的墙壁前,将那首小词依照她对巴山蜀水的凄婉回眸重新来填。

"初离蜀道心将碎,离恨绵绵。春日如年,马上时时闻杜鹃。故国此去三千里,血泪斑斑。花谢红残,一梦疏忽旧河山。"到目前为止,这是我最喜欢的续写版本。我将这一票投给了自己。

芭蕉难过,但芭蕉不说

《红楼梦》第三十七回"秋爽斋偶结海棠社"里大家提议每人起个别号,探春先自起名"秋爽居士",这本来是循了大家以居住馆宇命名的惯例,但人们都因为"居士"二字否定了她。她听从宝玉的提醒,转眼又看到窗外舒展的芭蕉叶,于是笑道:"有了,我最喜欢芭蕉,就称'蕉下客'吧。"众人刚道别致有趣,哪知才思敏捷的林妹妹掩口笑着说:"你们快牵了他去,炖了脯子吃酒。"众人不解,黛玉说:"古人曾云'蕉叶覆鹿'。他自称'蕉下客',

可不是一只鹿了？快做了鹿脯来。"惹得众人笑了。

"蕉叶覆鹿"见于《列子》，这是一个极具哲学色彩的故事。"郑人有薪于野者，遇骇鹿，御而击之，毙之。恐人见之，遽而藏诸隍中，覆之以蕉，不胜其喜。俄而遗忘其所藏之处，遂以为梦焉。"故事开篇即给了我们一个"追名逐利，如梦似幻"的警示。接下来的情节便更加扑朔迷离了。樵夫对此事念念不忘，被路人听去，依其所言真的找到了那只鹿。路人回家对他妻子说："路上有樵夫做梦打死了一只鹿，可他忘记了藏鹿的地方。我听到后，却找到了这只鹿，他真是做了一个好梦啊！"其妻说："恐怕是你梦见樵夫打死一只鹿吧。现在你真的得到了一只鹿，应该是你自己做了一个好梦啊！"谁知樵夫回到家后，竟然梦见了先前藏鹿的地方和偷走他鹿的人，于是第二天樵夫将路人告到了官府。官员无法辨析二人梦的真假，只得将鹿分开，各得一半。郑国国君和宰相听闻此事，也因为朝中缺少像黄帝和孔子那样能够分辨梦境的人，只好一笑了之。"南柯一梦"，"庄生晓梦""一枕黄粱"。梦，在中国古代的人生哲学中，始终是一个沉重且复杂的命题。白居易《疑梦》："鹿疑郑相终难辨，蝶化庄生讵可知。假使如今不是梦，能长于梦几多时？"讲到人生如梦的话题，任何时候都会引发共鸣。

关于芭蕉，还有一段"雪中芭蕉"的千年公案，由沈括启此论端。《梦溪笔谈》中引张彦远评王维《袁安卧雪图》称"王维画物,不问四时"。由此引起了"芭蕉能否雪中生存"的争论。朱翌《猗觉寮杂记》曰:"岭外如曲江,冬大雪,芭蕉自若,红蕉方开花,知前辈虽画史亦不苟。"谢肇淛《文海披波》曰:"如右丞雪中芭蕉,虽闽广有之,然右丞关中极雪之地,岂容有此耶?"王士禛《渔洋诗话》曰:"只取远神,不拘细节。"两派人物,著书立说,至今胜负未分。袁安卧雪的故事,本意是在歌颂袁安"热心为人",以雪中芭蕉"身冷心热"为喻。王维下笔之时,可曾想到这一株芭蕉竟让人们忽略了所画为何?王维习佛,禅法入画,即便对此公案地下有知,也当如慧海禅师所言:吃饭时不肯吃饭,百种须索;睡时不肯睡,千般计较。此言一出,便不会再做更多的理会了。

其实芭蕉入诗入词,最主要的意象是用来听雨。"流光容易把人抛,红了樱桃,绿了芭蕉。"**樱桃一红,蕉心转绿,夏天就到了。**夏日多雨,窗前的蕉叶正有听雨的好处。诗人自是深谙此理。诗词之中,雨极少用视觉来直观表现,大多是曲折一点,用耳朵听,更是用心用情来听。诗人听雨,切忌聚精会神地听。此时,最可贵的却是走思,出神。林逋有诗:"此夜芭蕉雨,何人枕上闻?"万俟咏有词:"窗外芭蕉窗里灯,此时无限情。"这样的雨,也便听出了一番别样的滋味。

关于听雨，周作人在《雨天的书》中有几句堪称经典。"喝茶当于瓦屋纸窗之下，清泉绿茶，用素雅的陶瓷茶具，同二三人共饮，得半日之闲，可抵十年的尘梦。"尘缘如梦，这份意境，于茶之外，更得雨声的功劳。想那雨脚从瓦脊上快步走过，如撒豆成兵。然后便是这庞大的军队，无休无止地行军。一阵风斜斜吹过，便有自屋檐失足跌落的逃兵，脚步散乱，淋漓在泛黄的窗纸之上，或密或疏，像是鱼群的喋喋之声。若无此等声效，这句话的魅力差不多要减去八九分。

雨打芭蕉的音效，比拟起来，窃以为，恰如读一封远方来信。想一想，一灯如豆的窗外，蕉叶舒展如笺，雨声滴滴答答，似是有人在耳边倾诉衷肠。而这个人一定是你朝思暮想的人啊。

过雨生凉。诗词之中，雨和芭蕉就这样不期而长久地相遇了。而作为两个独立的个体，他们并不晓得自己成了"苦思愁情"的代言人。"芭蕉叶上无愁雨，只是听时人断肠。"这便是王国维所讲诗词创作中"以我观物，故物我皆著我之色彩"的"有我之境"吧。

持此等观点者，还有清代文人蒋蔼卿的妻子关秋芙。还记得我在《梅花落》中写到的那对夜访孤山梅下抚琴的夫妇吗？正是蒋坦与关锳。蒋坦所著

《秋灯琐忆》中写有一则小事儿。某日，心绪烦闷的他在蕉叶上题句："是谁多事种芭蕉？早也潇潇，晚也潇潇。"翌日却见有人续写："是君心绪太无聊，种了芭蕉，又怨芭蕉。"字画柔媚，正是妻子秋芙戏笔。是啊，芭蕉本无情，何事惹君忧？种芭蕉的人是你，怨芭蕉的人还是你！蒋坦一笑，愁苦顿消。

这样美好的女子《聊斋志异》中也有，她叫翩翩。她将芭蕉叶缝制成锦袍送给罗子浮穿，她用真诚的爱挽救了沦为乞丐的罗公子。可她却不能挽留住他眷恋尘世的心。她眼含热泪，将树叶剪成一匹驴子送他回家。多年之后，当罗公子幡然醒悟了翩翩的一腔情爱时，回到分手之地，却已是黄叶满径，洞口路迷，只得涕零而返。

在林语堂眼中，秋芙是中国古代最可爱的两位女性之一，另一人则为《浮生六记》中的芸娘。蒋坦与沈复，均为落拓秀才，仕途无望，只能寄情于"小我"，得遇秋芙和芸娘，赌书泼茶，善意解颐，将生命里一段平淡如水的日子过成了"中国人生活美学典范"。与不知珍惜的罗子浮比起来，这真是他们的幸运。

梧桐更兼细雨

我们校园里栽有几百株梧桐树，只可惜都是法桐。我说可惜并非有厚此薄彼之意。我偏爱诗词之中经风经雨的青桐，是因为它的叶子更像一枚手掌，恰好写得下一首绝句。

顾况之名，在灿若星河的唐代诗坛可谓不甚起眼。人们但凡知道他，应该也是从他调侃白居易的故事而来。《幽闲鼓吹》中记载一事：白居易入京参加科举考试的那一年，顾况在朝担任著作佐郎且颇有诗名。白居易以诗谒见。顾况先看到"白居易"这个名字，仔细端详着身前的年轻人开玩笑说："长安米贵，居住不易啊！"及至读到开篇诗稿中的"野火烧不尽，春风吹又生"时，不由地赞叹说："道得个语，居即易矣。"之后顾在多个场合盛赞白的诗才，终于使得白声名大振，顺利赢得科考。

顾况有如此的慧眼和胸襟实在难得，更为难得的是他堪称传奇的爱情故事。孟棨《本事诗》有记：青年诗人顾况闲暇时与好友到上阳宫廷苑囿内游玩，忽见一片梧桐叶从宫墙内顺水流出。他随手拾起，但见叶上题诗一首《题洛苑梧叶上》："一入深宫里，年年不见春。聊题一片叶，寄与有情人。"《旧唐书》中列有一个骇人听闻的数字，即唐开元、天宝年间，各地行宫宫女总数逾四万人。白居易《上阳白发人》有诗："未容君王得见面……一生遂向空房宿。"十六岁入宫，直至六十岁，未曾获得君王垂幸，深锁上阳宫中，一生枯槁的女子，何其悲哀！顾况怜悯这位有思想有才学的女子，第二天走到流水上游，也在梧桐叶上题诗《叶上题诗苑中流出》："花落深宫莺亦悲，上阳宫女断肠时。君恩不闭东流水，叶上题诗寄与谁？"顾况看到叶片流入上阳宫中，也便惆怅离去。十多天后，有人苑中踏青，又在水边的梧桐叶上拾得一首诗，拿来给顾况看。"一叶题诗出禁城，谁人酬和独含情。自嗟不及波中叶，荡漾乘春取次行。"顾况爱慕这位宫女，便将梧桐叶珍存起来。公元755年,安史之乱爆发,长安、洛阳二京相继陷落。顾况趁乱找到那位宫女逃出上阳宫,二人终结连理。两年之后,已经三十三岁的顾况在至德二年登进士弟,在收获美好爱情的同时也开启了入朝为官的仕途人生。想一想,如此志得意满的顾况,才开得出"长安米贵"的玩笑,才敢得起"居即易矣"的胸襟。

借用梧桐叶传递爱情,除了梧桐叶如手掌,便于题诗之外,更重要的还是梧桐本身即是忠贞爱情的象征。相传梧为雄树,桐是雌树,梧桐同长同老,同生同死。孟郊有诗"梧桐相待老,鸳鸯会双死"。贺铸有词"梧桐半死清霜后,头白鸳鸯失伴飞"。汉乐府长诗《孔雀东南飞》:"两家求合葬,葬在华山傍。东西植松柏,左右种梧桐。枝枝相覆盖,叶叶相交通。"这对追求真爱、抗争礼教、以死铭志的夫妻,生前被迫分离,死后终得合葬。长诗最后,用松柏的万古长青,梧桐的枝叶相交,鸳鸯的彻夜长鸣,来表达焦刘二人对爱情的忠贞不渝。东汉至今,两千年矣,每每读来,依旧震撼人心。

诗词之中,梧桐最初寓意高洁。当然,忠贞爱情也属高洁的情意,这里只有一脉相承。《诗经·卷阿》曰:"凤凰鸣矣,于彼高冈。梧桐生矣,于彼朝阳。""凤凰和鸣,歌声飞过山岗;梧桐茂盛,身披灿烂朝阳。"庄子《秋水》:"夫鹓鶵发于南海,而飞于北海，非梧桐不止，非练实不食，非醴泉不饮。"鹓鶵即是凤凰，它从出生地南海飞往北海，只有梧桐才是它的栖身之处。在民间的歌颂体系中，梧桐和凤凰拥有同样高洁美好的品格。直到今天，老百姓们还沿袭着"栽下梧桐树，引得凤凰来"之说。

梧桐品性高洁的另一佐证即为"焦尾琴"。中国古代有四大名琴，齐桓公的"号钟"，楚庄王的"绕梁"，司马相如的"绿绮"和蔡邕的"焦尾"。蔡邕是东汉末年著名文学家、书法家和音乐家。据传他亡命江海、远迹吴会时，于灶下烈火中抢救出一段声音异常的青桐木。他依据该木的形状和长度，亲手制成一琴，果然音色奇绝，不同凡响，很快名闻四海。因琴尾尚有焦痕，故取名"焦尾"。自此衍生出的"焦桐""焦琴"等词，常用来比喻历尽磨难的良才或是未被赏识的宝器。蔡邕狱中遇害之后，焦尾琴收存皇家，朝代更迭，不停辗转，明末流落民间，终至泯灭。其命运同主人何其相似！后世有一对联记述此事：灵帝无珠走良将，焦桐有幸裁名琴。梧桐与古琴，真乃绝配。直到今天，梧桐仍是制作民族乐器的上佳木材。

梧桐自何时遇上了夜雨呢？"梧桐叶上三更雨，叶叶声声是别离。""谁识古宫堪恨处，井桐吟雨不胜秋。""雨滴梧桐秋夜长，愁心和雨到昭阳。""应是曾经恶风雨，修桐半折损琴材。""疏桐翠井早惊秋,叶叶雨声愁。"自从诗人发现了梧桐夜雨这个题材,千百年来这样的诗句已被无数人唱遍,但若说到这个诗题的高潮,我认为非建炎三年的某个秋日黄昏莫属。那年八月,赵明诚因病去世,李清照已是四十六岁。时值金兵入侵浙西,她将丈夫匆匆安葬之后,追随流亡中的朝廷来到浙东。颠沛流离,庋藏丧失,亡国之恨,丧夫之哀,孀居之苦,境况极为凄凉。此日,于一处流寄之所,她独守秋窗,怅望着寒天之上征鸿飞过,又见园中黄花堆积,枯等着黄昏降临。就在这令人肝肠寸断的节骨眼上,偏偏梧桐叶又被细雨打得"滴答"作响,这将临之夜她要如何度过呢?长夜过去,她又将如何面对孤苦寂寥的余生?"梧桐更兼细雨,到黄昏、点点滴滴。这次第,怎一个愁字了得!"这个女人曾经有着"沉醉不知归路"的优裕生活,曾经有着"赌书泼茶"的美好爱情,可在如此巨大的人生转折面前,她只用一声轻叹遮盖住了滴血的心。满目烽火,破碎山河,一腔忧郁痛楚已不足为外人道也!

　　我与一片梧桐叶相遇是在一场漫天大雾之中。去年秋冬之交,我站在办公室窗前正欣赏着蒸腾雾气从天外滚滚而来。一枚黄叶忽然现身,几经翻转之后,不偏不倚地落在我的窗台之上。这是一枚法桐叶片,霜露斑驳,叶叉开合,找不到一处平整的地方容我题写一首绝句。法国梧桐其实属于悬铃木科悬铃木属,原产欧洲,因为最初由法国人带入上海栽在霞飞路上,沪上人便称"法国梧桐"。就其树形树冠而言,极为适宜做行道树,以增添城市的风景。身为舶来树种,的确不需要我为这片叶子题赋绝句。可为了表明我没有厚此薄彼之意,赠一短诗,来纪念这次偶遇:"大雾中,一枚黄叶,轻轻叩响我的窗棂。亲爱的,这是你从远方给我写来的信吧。叶面上山川相缪,阡陌纵横,还有这深深浅浅,斑斑点点,可是你记下的漫漫归程?"

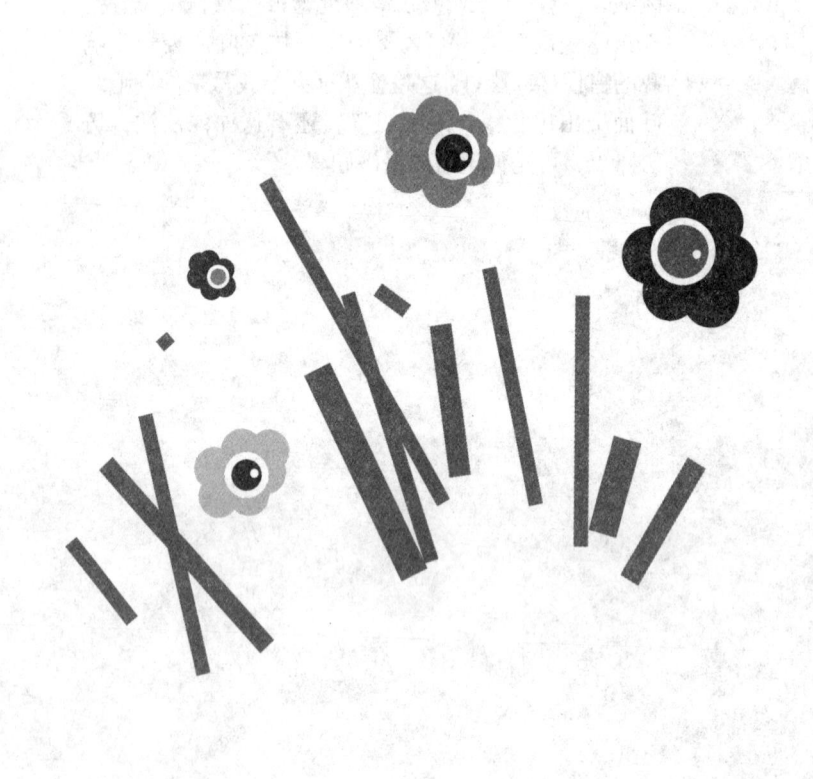

一个宇宙换一颗红豆

第二章

有些日子,
眨眨眼就过去,
却使我们长久地怀念。

苏东坡的"此心安处"

元丰三年正月初一,惊魂未定的苏轼步出牢门,逃也似的离了东京汴梁。这一日,朔风凛冽,彤云欲雪。

在这位即将前往赴任的黄州团练副使身后,竟无一人相送。那些欲将他置之死地的"朋友",此时朝贺已毕,归至家中,正燕乐作舞,依翠偎红。苏轼的委任状上还附有两个条款:一不得批阅文件,二不得随意出入黄州。这分明是一个无职无权、身受监管的朝廷犯官。只是他却不知，这条贬谪之路，始于绝狱，终于绝壁。从绝狱到绝壁，他或是毁灭，或是涅槃重生。

绝狱指乌台诗案。《汉书》载："又其府中列柏树，常有野乌数千栖宿其上。"这是御史台始称乌台的来历。苏轼一生宦海沉浮，仕途坎壈，但真正身陷囹圄遭受到死亡威胁的仅此一次。元丰二年四月，苏轼自徐州调任湖州知州，二十日到任后进《湖州谢上表》。秋七月，即因上表中的"知其愚不适时，难以追陪新进；察其老不生事，或能牧养小民"一句，遭到御史台官员何正臣、李定、舒亶连续奏章弹劾，奏其"攻击新法，讽刺朝政"。神宗大为恼火，遂批示将其逮捕下狱。八月十八日入狱，二十日正式提审。此时除了舒亶、李定等群小的围攻，又跳出国子博士李宜之、《梦溪笔谈》著者沈括等人，从苏轼的书信诗文中寻章摘句，急欲置其于死地。苏轼与长子苏迈暗中约定，平时只送菜饭，如有死刑判决的消息就改送鱼，以便心里早做准备。某日苏迈出京借钱，将送饭一事托人代劳。该人不知密约，特备熏鱼以进。苏轼大惊，自知凶多吉少，极度悲伤之际，为弟子由写下诀别诗："柏台霜气夜凄凄，风动琅珰月向低。梦绕云山心似鹿，魂飞汤火命如鸡。眼中犀角真吾子，身后牛衣愧老妻。百岁神游定何处，桐乡知葬浙江西。"事后虽知是一场虚惊，但相信那漫长一夜他已洞见了生死之门。

我所读知最早记载的文字狱发生在汉宣帝时代。士大夫杨恽，其父为丞相杨敞，外祖父更是大名鼎鼎的史学家司马迁。杨恽重义轻财，嫉恶如仇，杜绝行贿，任职清廉。由此得罪太仆戴长乐，被告以"以主上为戏，语近悖逆"，自此削去爵位，贬为庶民。其后归家治产，饮酒田园，以歌为乐。在杨恽《报孙会宗书》中有歌云："田彼南山，芜秽不治。种一顷豆，落而为萁。人生行乐耳，须富贵何时。"就是这样与世无争的几句话，又被人呈报给汉宣帝，以大逆不道之罪，处以腰斩。

我猜想，最终让神宗放苏轼一条活路的原因，除了太祖有"不得滥杀士大夫与上书言事之人"的碑文密誓，更为重要的是神宗在那些小人的弹劾词中，嗅出了疯狗乱咬、不近情理的味道。例如状告苏轼"初无学术，滥得时名"，又说他急于获得高位，心中不满之下，乃讥讪权要等，这无形之中助抬了神宗的圣手，在大理寺与审刑院做出的"当徒二年，会赦当原"的判决书上挥笔圈定。

元丰三年二月，苏轼初至黄州，寓居定惠院。定惠院是一座不大的寺院，坐落在一处距江边不远、林木茂密的山坡上。他与僧人一道吃饭，然后在诵经声里继续咀嚼人生。这无疑为苏轼在儒学之外深入"求佛问道"提供了一个契机。如果说原来佛老之学在苏轼的学养之中属于增彩花色，那么此番历经生死考验之后，他主动从"具体的政治忧患转而为宽广的人生忧患"，佛经道藏已然登堂入室，成为其生命给养的正牌大餐。元丰四年，老朋友马正卿可怜他乏食挨饿，"于郡中请故营地数十亩，使得躬耕其中"。此地位于黄州城东，居于山坡，故名东坡，于是他自称"东坡居士"。三年之中，他写《临江仙》《黄州安国寺记》《寒食帖》《东坡八首》《黄泥坂词》等诗文，都是以居士之心，为了走向人生中那一道绝壁做着灵魂上的准备。元丰五年七月既望之夜，那个心智已然成熟的苏东坡终于来了。

这是文化、哲学、艺术及思想史上最著名的一次游历。一叶苇舟，凌波万顷，但见断岸高耸，壁立千仞，横绝无路。于是"客有吹洞箫者……其声呜呜然，如怨如慕，如泣如诉，余音袅袅，不绝如缕"。"何为其然也？""你还记得发生在赤壁的往事吗？你还记得曹操写下的诗句吗？这些盖世英雄如今在哪里呢？今夜你和我，一杯在手，享一时之乐，可在天地之间，我们的生命短暂如蜉蝣，渺小如砂粒，生死须臾，而明月永在，江水无穷，这难道不令人悲伤吗？"对于每一个有过生命思考的人，死亡都是一个无法绕过的命题。越是有质量的生命，越容易陷入"吾生也有涯"的惊惧与忧伤。并非每个生命都能达到这个层次，从而获取忧惧的资本。此夜此时，死亡以赤壁的形象屹立在苏东坡的面前，向他讨要一个回答——"客亦知夫水与月乎？逝者如斯，而未尝往也；盈虚者如彼，而卒莫消长也。盖将自其变者而观之，则天地曾不能以一瞬；自其不变者而观之，则物与我皆无尽也，而又何羡乎！""天地之间，万物各有归属，若不该我们拥有，即令一丝一毫也求取不来。只有江上清风，山间明月，耳得之为声，目遇之成色，这正是造物者赐予我们尽情享用的无尽宝藏啊！"变与不变，是深奥精微的哲学问题，千年之前能够从变与不变两个角度、运用辩证思维去看待世界（包括生命），明显已经超越了悲观的死亡终结论调，升华到"物与我皆无尽"的永恒空间，此为苏东坡过人之处。而这个看似信口道出的超越，在屈原、李白的诗歌里，还属于缺乏理论支撑的、梦求呓语般的浪漫情怀。在苏东坡之前，没有人能将其阐述得如此明晰。在苏东坡之后，亦很少有人能将其味入命运的写作之中。纵观古今中外浩如烟海关于生命哲学的文字，这一段《赤壁赋》依旧是无人逾越的高峰。

诸多文学史家持相同的观点：黄州赤壁非真赤壁，因苏轼而留名。此言谬矣。来到黄州，先有东坡耕耘，始有东坡居士。到得赤壁，绝地转圜，超拔而归，才开创出人生雄阔大境。**在乌台，他看透了生。在赤壁，他悟出了死。** 其后，"自喜渐不为人识"的他生命进入自由状态，行于所当行，止于所不可不止,"大江东去,浪淘尽,千古风流人物"。"回首向来萧瑟处,归去,也无风雨也无晴。""何夜无月,何处无竹柏,但少闲人如吾两人者耳。"佳句迭出,名篇天成。应该说正是黄州赤壁成就了他,从优秀的文学家苏轼活出了伟大的文学家苏东坡。真假赤壁,还重要吗?这注定是苏子的赤壁,是一面高耸于天地之间的文化、哲学、艺术、思想的丰碑。

一座园林，两种爱情

慕名前来沈园的人，都是为了去寻证那一场铭心刻骨的爱情。

自绍兴站乘坐13路公交车到鲁迅故里下车，横穿一条马路，沿着乌篷船窄窄的河道向前走三五百米，就来到了沈园门前。沈家园最早为绍兴沈氏富商所建的私人花园，门开在春波弄（此名字蛮富诗意，同时亦给人"等闲平地起波澜"的暗示）里，是典型的宋代江南园林。在古代，虽说是私家花园，但是依着法令，每到节庆之日，这些园林却要面向民众开放，供大家游赏。皇家"金明池"与"玉林苑"也概莫能外。查阅文字，这样的世风世情无载于宋前，或始于宋，明清两朝犹有赓续。张岱的《陶庵梦忆》多处有记。另传，乾隆十三年袁枚购得随园，更是因为游人杂沓，每年门槛都要更换一到两次。园中仅凭兜售他的《随园食单》一项，全年即获利不菲。二百年前，袁才子就已经开发出了较为成熟的文化旅游模式，只可惜为清末战火所阻，未能得以留传。

陆游出妻的真正原因，在所有文学、戏剧及影视作品中均语焉不详。有记以来，皆称陆母恶意棒打鸳鸯。一说因唐婉不能生育，陆家要延续香火；二说担心陆游卿卿我我，荒废学业，误了前程。可仔细推敲，这两点都有自相矛盾之处。二人婚配仅过了一个年头，就妄下不能生育的结论，足够武断害人。要知道陆游行三，大哥陆淞早已婚配，侄子与陆游年纪相仿，陆母何患无后？退一万步，彼时男子可以娶妻纳妾，为了延续后代也大可不必断然休妻。第二个理由就更为牵强。若要陆游发奋读书，不恋儿女私情，又何必为其年少娶妻？唐婉幼承家教，知书达礼，孝悌友爱，言行举止并未有任何越轨挑拨之端倪。小夫妻新婚燕尔，琴瑟和谐，父母看了高兴才对。陆唐离散之后，陆游很快配偶王氏，十年之中连生三子，多次参加锁厅与礼部考试，也未见考取半点功名（史有秦桧作祟说）。此番出妻因由成谜，仍有待众学问家推究考证。

陆、唐沈园重逢是在绍兴二十一年春天，其时他们已劳燕分飞近七个年头。宋末文学家周密在《齐东野语》卷一《放翁钟情前室》故事中记录："尝以春日出游，相遇于禹迹寺南之沈氏园，唐以语赵，遣致酒肴，翁怅然久之，而赋《钗头凤》一词题园壁间云：红酥手，黄縢酒，满城春色宫墙柳……"唐婉独吟小词，柔肠寸断，归家之后，忧悒成疾，春秋四度，香消玉殒。

南宋沈园初建，园地七十余亩，凿池堆山，栽柳植荷，风景一时名冠山阴。绍熙三年，陆游留题后首度重访，于题壁前赋诗一首，诗题中有句"禹迹寺南有沈氏小园"，沈园由此载入典籍。自元至清，沈园几经兴废，数易主人，到民国三十四年，占地仅剩不足五亩，荒凉不堪，庶无可观。改革开放之后，政府多次重修扩建，始成今日之规模，并有"断云悲歌""春波惊鸿""残壁遗恨""孤鹤哀鸣""宫墙怨柳"等十景。游人入门即见断云石。一巨石横亘眼前，中间如斩，两两断开，但又两相厮守，不曾分离。陆游有诗句"断云幽梦事茫茫"，此处取"断云"谐音"断缘"之意，为陆唐爱情悲剧的隐喻。徐行百步，甬路尽头，翠竹掩映中便可遇见这块著名的诗壁。诗壁分左右两页，分别镌着陆唐两首凄美哀绝的《钗头凤》。关于唐婉的和词自清始现，历来有种种传说，但在《耆旧续闻》和《香东漫笔》中均有记载，甚至包括和词的全文，此事应不容置疑。我所看到对这两首词最为完美的呈现，是在某版越剧《钗头凤》中，剧情最后一场的布景为两块巨纱自舞台顶端一左一右缓缓垂下，透明的轻纱上写满行草大字，正是两首《钗头凤》。陆游与唐婉在轻纱间前后交错，缠绵起舞。此时幕后歌声响起，两首词间错咏唱，如同舞台上的两个人分分合合，生死相依。"山盟虽在，锦书难托，莫莫莫。"离歌中灯光渐暗，大幕聚拢，达成最完美的诗意表达。

在精致玲珑的沈园里，另一处与陆唐爱情紧密相连的景物便是伤心桥。从诗壁转身，先经孤鹤轩。此轩北临宋池，与滨水小榭遥遥相对。轩前有荷，亭亭如盖。叶心承露，玉润珠圆，轻风拂来，一一迎举。出轩不远，路边树一六朝井亭。井为古井，亭顶中空，承接天光雨露。漏顶之亭，吾所游历，仅此一见。从井亭北行数十步，即至伤心桥。小桥卧于池上，朴拙无华，因陆游赋诗而得名（此前未必名伤心桥）。庆元五年的春天，距离园中重逢饮酒题壁已经过去四十四年，七十五岁高龄的陆游又一次寻迹沈园。故园犹在，玉人已逝，斜阳晚照，池台荒芜，春波款款，一瞥惊鸿。古稀老人，策杖踟躇，当行至伤心桥上，看到翠波柳岸，往日邂逅情景历历如昨，怎不令人心死成灰！"城上斜阳画角哀，沈园非复旧池台。伤心桥下春波绿，曾是惊鸿照影来。""梦断香消四十年,沈园柳老不吹绵。此身行作稽山土,犹吊遗踪一泫然。"从陆游留存的诗作中,我们可知晚年陆游每到春天都会来沈园凭吊。八十一岁著《梦游沈园二首》,八十二岁赋绝句《城南》,八十五岁由儿孙搀扶最后一次来到沈园,提笔写下"也信美人终作土,不堪幽梦太匆匆"。归来不久,便溘然长逝。八百年前的陆游,在保留一夫多妻婚姻制度的男权至上的社会里,对自己心爱之人葆有长达半个多世纪的矢志不渝的挚爱深情,并写就无数感天泣地的动人诗篇,实为人生之不幸,又诗坛之大幸!陈衍在《宋诗精华录》里评道:"无此绝等伤心事,亦无此绝等伤心之诗。就百年论,谁愿有此事?就千秋论,不可无此诗。"

爱情圣地普救寺

"碧云天,黄花地,西风紧。北雁南飞。晓来谁染霜林醉?总是离人泪。"诗词的力量不容易被发现。一部词曲俱佳、美妙绝伦的《西厢记》,不仅让普救寺史上留名,还将四大皆空的佛门净地演绎成为老百姓心目中的爱情主题公园。

峨嵋塬头高达三十米,脚下是一条自东而西、直达蒲津古渡的马路。正是因为马路的关系,如今游人们无法从山门进入普救寺前的广场,而只能在小镇的街口下车,沿着一排商贩摊位到广场上去。正面的山门反倒只可从背面约略参观,再回转身来细细端详刻有"普救寺"大字的歇山飞檐式照壁。照壁之后,广场中央竖着一把涂金的同心大锁,锁上毫无避讳地直书"愿天下有情人终成眷属"。**天下寺院不谈情,唯有山西普救寺。**无须进门,这不一语就道明了伟大的爱情主题?

根据出土文物考证,普救寺或初建于南北朝末年,名西永清院。隋唐两代多有修葺。至五代后汉时,发生河东节度使叛乱,郭威领兵征讨,围蒲州城而久攻不克。寺中问计,僧人直言:善待百姓,城池可下。郭威折箭为誓,果然"攻破"州城。有誓为先,城中百姓得以保全。因此禅院更名普救寺。普救寺得名的由来,坊间大都采信此说。值得一问的是,《莺莺传》原文中已写有普救寺名,而此传奇作者元稹生活在唐大历至太和年间,与后汉政权建立前后相差近一百五十年。这又如何解释?《莺莺传》最早见于宋太平兴国三年成书的《太平广记》,难道有宋人因普救寺名而篡改原文?此说显然说服力极低。经查,《太平广记》收录《莺莺传》一文转自唐末陈翰编著的《异闻集》,故事原题《传奇》。既然是唐末成书,其地名差讹当不复存在。可唐末原著《异闻集》已佚,宋代所见《异闻集》一书中,偏又混入了宋人故事,其可信程度已严重降低。陈寅恪先生在《元白诗笺证稿》一书中指出:"《莺莺传》

为微之自叙之作，其所谓张生即微之之化名，此固无可疑。"显然他的考证重点不在普救寺名称的由来，这是不是也从侧面说明普救寺名出现在元稹的笔下已是合情合理的事情了呢？

入得寺门，小行片刻，便依塬而上，第一个平台即到钩心斗角、气势雄伟的大钟楼。从此地开始，我们每到一处，都可与《西厢记》彼此对应。比如这座大钟楼，正是《西厢记》"白马解围"一折中的观阵台。张生为解普救寺之围，特搬来好友白马将军救急。两军交战之时，张生邀请老夫人和法本长老等僧众共登大钟楼观战助威，为大破敌阵生擒孙飞虎齐声喝彩。

经过塔院回廊，攀登中一仰脸，眼前一座高塔直插云天。在我旧有的印象中，佛塔总是出现在寺院的最后方（因为供奉着佛祖舍利），至少要建在大雄宝殿之后。此塔建于塬顶最高处，更是建在大雄宝殿之前，令我破除陈规。该塔初名舍利塔，后因《西厢记》名声大噪，只得依照世人俗称莺莺塔。夕照昏黄，镀塔成金。塔尖之上，有一群暮归的乌鹊盘桓回旋，晚风中时起时落，短啼长鸣。"鹧鸪声声不堪闻，莺莺塔前月影深。西厢院外有情痴，一本传奇唱到今。"居高临下、俯察一切的宝塔想必也见证了张君瑞与崔莺莺的爱欲交结与悲欢离合吧。

莺莺塔的奇妙之处在其匪夷所思的回声效果。据传在塔周围十五米左右的距离内拍手或击石，就能听到从塔底传来的清脆悦耳的蛙鸣声。如果再退后五米，蛙鸣声又自塔顶传来，仿佛金蟾忽上忽下，如同与你嬉戏。若是在夜深人静之时，扣石一声，神蛙三鸣，且来自三个不同的方向。莺莺塔与天坛回音壁、三门峡宝轮寺塔、潼南大佛寺的石磴琴声并称为中国古园林中四大回音建筑。我伫立塔下，任三两游人击掌或扣石，咯哇咯哇，果然灵验。

香烟缭绕之中，我从众多善男信女跪拜的身后走过大雄宝殿，径直奔向大殿东侧的梨花深院。如果不是耳畔时有诵经声隐约拂过，站在小院天井里，真会疑心这是闯入了某一富贵缙绅的私宅。宅门楹联是晏殊小词《无题》中的一联：梨花院落溶溶月，柳絮池塘淡淡风。细细品味，有市井气，有脂粉气，有七分雅静，又有三分暧昧，这副对联恐怕也是天下寺庙绝无仅有的吧。精致的小院完全依照《西厢记》中的描写建造，任何细节都做足了功课。在东厢房南侧的粉墙之下，一丛翠竹环抱着玲珑湖石，正可做逾墙人的垫脚。墙外是一株高矮恰好的杏树，如此一里一外，共同成就了戏文中的千古绝唱："待月西厢下，迎风户半开。拂墙花影动，疑是玉人来。"而树立在西厢南侧的出土文物"金代诗偈"，诗名刻"普救寺莺莺故居"，跋文载诗作于金代大定年间，最为直接地证实了崔张故事在宋金时就已广为流传。

"无据塞鸿沉信息,为谁江燕自归来。"从颔联所传达的诗意可知,崔张的爱情结局并非如戏中所唱那般圆满。

拥有原创版权的元稹的确不是怜香惜玉之人。《莺莺传》的真实结尾是"文战不胜,张遂止于京"。始乱终弃的张生最后以卫道士的口吻四处宣告:"大凡天之所命尤物也,不妖其身,必妖于人……予之德不足以胜妖孽,是用忍情。"何其冠冕堂皇!何其大言不惭!这简直是要置莺莺于死地!陈寅恪先生笃定张生即是元稹,想来早已看穿了元才子的薄幸本质。如果有人以莺莺是虚构人物为之辩白,那么投河自尽的刘采春不正是现实版的崔莺莺吗?刘采春年轻貌美,歌艺俱佳,在唐朝歌坛独树一帜,罕有其匹。越州刺史元稹一见心动,旧病复萌。先是摇笔赠诗,博取芳心,后又动用官场资源,付给对方丈夫一笔银子,买断了刘的婚姻。但等消费完毕,新鲜期一过,便又重拾张生伎俩,打起了道德太极。刘采春留有《啰唝曲》六首,首首都是对负心男人含泪泣血的控诉。其一曰:"不喜秦淮水,生憎江上船。载儿夫婿去,经岁又经年。"可怜无名无分、不清不白的刘采春只得携着一腔痴情付水东逝。

小院后身,缘阶而下,是玲珑周至的后花园。水榭风池,曲桥花亭,全部是依文附会,意思而已。作为历史悠久的十方禅院,普救寺东区还建有天王殿、菩萨洞、罗汉堂和藏经阁等众多建筑，但这里游人稀落，古殿沉默，分明都做了待月西厢的陪衬。出得寺门，回首仰望，一轮明月高高升起在峨嵋塬头，朗照着长长的蒲坂和雄浑壮阔的黄河水。日月无私，亘古照明。普救众生，非无私无以脱离苦海。同样，爱情的高尚之处亦不在相互占有，而在这"无私"二字。

春风不度玉门关

从敦煌出发到阿克塞石油小镇的路上,特令向西北绕行一段,为的是探看一眼诗词之中令人向往的玉门关。

玉门关始置于汉武帝开通西域时期,因西域输入玉石时取道于此而得名。公元前116至前105年,年号当为元鼎或元封,汉武帝为巩固西北边防修筑酒泉至玉门间长城,玉门关随之设立。据《汉书·地理志》载,玉门关与阳关均位于敦煌郡龙勒县境,皆为都尉治所，重要屯兵之地，汉代西北边境最为重要的军事关隘和丝绸之路的交通要道。正因为其在军事和经济上双重的不可撼动的地位，众多的历史战争都从这里点将出征，众多历史人物跌宕起伏的命运都与这里紧密相连。

"秦时明月汉时关，万里长征人未还。但使龙城飞将在，不教胡马度阴山。""七绝圣手"王昌龄早年身赴西域，从玉门出关，信笔写下这首"唐绝第一"，后代冠以神品之作。诗中"龙城飞将"所指为谁？卫青还是李广，历来争议不断。在我看来这实在大可不必。秦时明月，汉时关隘，这分明就是一场时空中的虚置之景。从古至今有多少将士出征万里尚未回还，为何非要把千古苍凉落实到一人名下呢？我一向反对"江西诗派"末流片面追求"无一字无来处"的主张，并以之为准绳去活剥和求证唐诗。依着我对该诗的解读，龙城意指天子之城，飞将意指天将神兵，卫青与李广、霍去病都可涵盖其中，至于李陵则应一分为二看待。

这句话还没写完，我便听到了反对李陵入选的声音。李陵作为一名败军投敌之将，有无资格担当"龙城飞将"的英名？且让我们爬梳历史的细枝末节来察看李陵的最后一战。天汉二年，贰师将军李广利统领三万骑兵出师酒泉，攻打匈奴。李陵之职本是为大军押送粮草。李陵叩请："臣愿以少击众，步兵五千人涉单于庭。"武帝为其勇壮气概所感，即刻分兵并诏令强弩都尉路博德于中途候援。于是李陵率领五千步卒从居延出发，北行三十天，跋涉五百公里，驻营浚稽山。《汉书·李陵传》曰：善骑射，爱人，谦让下士，甚得名誉。正是因为李陵自有强大的号召力，众将士才这般誓死追随、日夜挺进。果不其然，浚稽山下遭遇单于主力三万骑兵的围剿。李陵有勇有谋，坐镇指挥。列军成阵，盾戟在前，弓弩其后，击鼓发兵，鸣金而收。两军初次交战，汉军千弩齐发，匈奴骑兵应弦而倒，杀敌数千。单于大惊，召集左、右贤王二部骑兵共计八万，集结围攻。因为众寡悬殊，李陵率部向东南且战且走。此间大小接战，数十回合，斩首敌军不计其数，已将单于心理逐渐击溃。此时李陵率部已撤至距离汉朝边塞百里有余。李陵从匈奴俘虏口中得知：单于决定猛攻最后一次——他恐惧这支势单力孤的步兵，是汉朝大军的诱敌之师，意在引诱他们追击到汉朝边塞实施一举围歼，趁距离开阔地带还有四五十里路程，再做撤兵前的最后一次努力。

如果战局照此发展下去，许多历史情节和人物命运都将改写。可惜，李陵军中出了叛徒，军情全部泄露于敌："陵军无后救，射矢且尽。"面对单于的全力进攻，李陵率部竭力还击，"一日五十万矢皆尽"，"士尚三千余人，徒斩车辐而持之"，战斗至最后一刻。冷月之下，汉塞在望，独不得凯旋。李陵求死不得，对众人叹曰："复得数十矢，足以脱矣。今无兵复战，天明坐受缚矣！各鸟兽散，犹有得脱归报天子者。"由此可见，李陵之败，非其不勇，实因后援不济。太史公有言："陵提步卒不满五千，深輮戎马之地，抑数万之师，虏救死扶伤不暇，悉举引弓之民共攻围之。转斗千里，矢尽道穷，士张空拳，冒白刃，北首争死敌，得人之死力，虽古名将不过也。身虽陷败，然其所摧败亦足暴于天下。"就其此战对匈奴之重创，战绩之显赫，应不会辱没"龙城飞将"之名！

正是因为这段评语，直接导致了司马迁命运的急剧转折。闻听李陵受降，汉武帝盛怒，满朝文武见风使舵，陷人于祸，只有司马迁沉默不语。当汉武帝就此事发问，他朗声为李陵申辩曲直，由此获罪下狱，惨遭腐刑。汉武帝问罪于他，还有"明主不晓，以为仆沮贰师"之因。贰师将军即李广利，多次领兵出征皆以败归。只是此人系李夫人（因兄长李延年一首"北方有佳人"得获宠幸）之弟，如此亲密的裙带关系怎能允许外人指摘攻击？值得一提的细节是，司马迁最后受刑的真正原因却是无金赎罪（"金作赎刑"一语出自《尚书·舜典》，自上古至明清，历代皆有赎刑）。其在《报任安书》中自言："家贫，货赂不足以自赎，交游莫救，左右亲近不为一言。"万般无奈啊，不但无人肯为他出一金，更无人愿为他说一句公道话。一个秉笔直书、仗义执言的清廉之人，众目睽睽之下，就这样被送上了鲜血淋漓的刑场，成就了龌龊之人的狂欢。

如今玉门关遗址的牌子勉强悬挂在小方盘城上供游人观瞻。小方盘城只有区区六百多平方米，的确委屈了玉门关的赫赫威名。我们登上城楼眺望，茫茫戈壁滩上隐约可见杨柳成行。"大将筹边尚未还，湖湘子弟满天山。新栽杨柳三千里，引得春风度玉关。"想必这正是青史留名的"左公柳"吧。光绪二年四月，左公宗棠于肃州祭旗，正式出兵，开始了收复新疆之战。依照他"先北后南，缓进速决"的战略战术，四个月不到便已荡平北路。旋即挥戈南下，先克南疆东四城，再下西四城，仅用一年多时间，就收复了除伊犁以外的新疆领土。在西北行军的甘新大路两旁，湘军遍植道柳，连绵不断，植拂云霄，彻底改写了《凉州词》中"羌笛何须怨杨柳，春风不度玉门关"的悲凉景况。

"玉门关外左公柳，不效隋堤照水柔。十万忠魂天山血，一枝一叶不低头。"匆匆搁笔，车尘纷纷扬扬，回望视线里渐渐消失的小方盘城，我在心中向每一位出征大漠的天将神兵肃穆作别。

岳阳楼往事

庆历四年春，滕子京谪守巴陵郡。

朝廷给滕的"罚单"是庆历四年的正月初四开出的。"降刑部员外郎、天章阁待制、权知凤翔府滕宗谅为祠部员外郎、知虢州，职如故。"除了首当其冲的"降"字略表惩治之意，"罚单"通篇没看到实质性的处罚。御史台的谏官们大为不满，以集体"罢工"表示强烈抗议，居家待罪，继续给皇帝施加压力。

其实对于滕的调查早在庆历三年初夏其移任庆州之初就已经开始了。事情起因也简单明晰——十六万公使钱。尽管不是小数目（以购买力折合人民币约两到三亿），但到底还只是经济问题。围绕此事角力的双方一为新政精英集团，另一方为旧的政治利益集团。谁都明白，一旦与政治搅和到一起，事情就变得复杂难缠了。

庆历新政以范仲淹、富弼联署上书《答手诏条陈十事》为标志，是仁宗亲政之后着手实施的一项稳妥至上、态度温和的政治改良。即便如此，那些既得利益的旧势力依旧对新政恨之入骨，百般阻挠。滕子京与范仲淹出身同年进士，志同道合，贵为密友，一向是新政的坚决拥护者，在其所辖地方积极推行，勇于落实，干事任能，广交文友，得以诗文传播京师，成为新政树在中央的一面旗帜。此次对滕的弹劾奏章一出，旧势力岂肯轻易放过，恨不得给诸位新政精英扣上一顶"朋党"的帽子，一棍子打倒在地，永世不得翻身。

五千年的政治斗争史告诉我们，若要置对方于死地，"朋党"二字最具杀伤力。宋家天下靠兵变上位，在抑武扬文的同时，一样担心文人互结营垒，与皇家离心离德，自行其是。正是在如此严峻恶劣的形势之下，范仲淹不避嫌疑，挺身而出，他主张派人前往泾州和庆州调取"钱帛文帐磨勘"，逐一认真审计。如果查出滕有贪污问题,他甘愿与之"同行贬黜"。

滕子京并非贪财之人,但他好大喜功,手面阔绰,干事成事,爱讲排场。一批批文人墨客浩浩荡荡地应邀来到泾州,到西线边陲采风写作,管吃管住管旅游,临走再封送一个大红包,随着诗文流布海内,滕也声名日隆。公务宣传与个人包装本来就难以区分,再加上仁宗碍于范仲淹"横身相救"的情分不便深究,遂开出了上面那一道和稀泥似的罚单,招致了御史台谏官们的集体抵制。仁宗之"仁",多一半得益于他的和泥功夫,那就再安抚一下谏官们的情绪吧。于是二月十四日,在罚单空白处增添一句:徙知虢州滕宗谅知岳州。如此这般,滕子京来到巴陵,新官新政新气象,"越明年,政通人和,百废具兴,乃重修岳阳楼。"时已至此,岳阳楼呼之欲出!

"百废具兴。"可见滕在岳州任上做事很多,但其他的事都已在故纸堆里湮没无痕,只有一件却让他名垂青史——重修岳阳楼并请范仲淹作记(有此一事,足矣)。庆历五年,重修岳阳楼工程已近尾声,撰写《岳阳楼记》一事提上日程。在古代,好多"记"都是由主人自己执笔,便于抒发胸臆,赋予"记"更为深刻的意义。滕子京身为地方长官,又有进士学历,完成这样一篇记叙文应该不难。但他心目中却有更为合适的人选,或者说有人比他更符合为岳阳楼作记的条件。其条件有三:名人、文人、友人。同时满足上述条件者非范仲淹莫属。于是他开始给范写信:"天下郡国,非有山水环异者不为胜,山水非有楼观登览者不为显,楼观非有文字称记者不为久,文字非出于雄才巨卿者不成著……文章器业,凛凛然为天下之时望,又雅意在山水之好……"信寄出了,那么范仲淹为作《岳阳楼记》做好准备了吗?

最近一年,仁宗之仁,在新旧之间左右摇摆,令新政推行举步维艰。加之旧势力处处阻挠,新政之势日益萎缩,几乎成了"烂尾工程"。仁宗失去耐心,诋谤随机跟进。范仲淹失望之余,为了远谤避毁,自请出知邠州,巡边西北,远离了政治中心。五年秋冬之际,在欧阳修贬知滁州的同时,他上书朝廷,请求调离邠州,退居闲职。朝廷成全了他的心意,派他改知邓州。"数年风土塞门行,说着江山意暂清。求取罢兵南国去,满楼苍翠是平生。"宦海浮沉,人事变迁,归途在即,他的人生观、价值观、荣辱观、政绩观、文学观已然锻造得宏阔、厚重而纯熟,是时候形诸文字、流传天下后世了。由此看,范仲淹著《岳阳楼记》,既是滕子京的选择,更是历史的选择。

"嗟夫!予尝求古仁人之心,或异二者之为。何哉?不以物喜,不以己悲。居庙堂之高,则忧其民；处江湖之远，则忧其君。是进亦忧，退亦忧。然则何时而乐耶？其必曰：先天下之忧而忧，后天下之乐而乐！"**如果早一天，范仲淹可能写不出这样一段文字。如果晚一天，范仲淹可能会将这段文字埋藏心底**。无论早晚，我们都无法读到震古烁今、光芒万丈的《岳阳楼记》。"在十一世纪苍茫夜色下，在中国古代知识分子精神面貌演变进程中，一颗新的太阳升起来了，那是一种把'先天下之忧而忧，后天下之乐而乐'写在旗帜上的光风霁月般的人格境界和精神风范。"因为这一面飘扬的旗帜，在江南三大名楼中，虽然岳阳楼的资历最浅，却因其高标独立的精神文化意义，影响着一个民族的心灵史，这种影响必将会无限持续下去。

文章最后旁涉两件史事。一是南宋绍兴二十五年六月，左朝散郎姚岳上书朝廷，因耻与岳飞同列，并全力消除岳飞的影响，申请将岳州改名纯州，以体其忠纯报国之心。污名岳飞，自然暗合丞相秦长脚的心意，大笔圈定，岳州改名纯州，岳阳楼随之更名纯阳楼。半年不到秦桧病逝，但是令岳阳楼蒙羞的这段历史却持续了六年之久，直到绍兴三十一年改回。二是明代洪武初年，苏州人范从文因违背皇帝旨意而被判处死刑。行刑前，朱元璋亲自查看案卷，看到范的姓名和籍贯，便传唤至跟前问："你不会是范仲淹的后人吧？"范答："我是范仲淹的十二世孙。"朱元璋命人取来锦帛，御笔写下"先天下之忧而忧，后天下之乐而乐"赐给范从文，并下旨"免除五次死罪"。人命关天，朱以皇帝之尊，方才赢得片刻景仰范仲淹的资格。

"噫，微斯人，吾谁与归！"《岳阳楼记》最后发抒的这一声千年浩叹，常常令我联想起鲁迅的话："其实地上本没有路，走的人多了，也便成了路。"我看到苍茫大地的深处，一个个孤独寂寥的身影，决绝而默然前行。我愿意加入进去，踩着他们的脚印，在荒野里踏出一条忧国忧民的长路。

富春江边的隐者

"三吴行尽千山水,犹道桐庐更清美。"2019年初春,我乘车自杭州去千岛湖,出钱塘,过富阳,经桐庐,行建德,抵淳安,读着一路的地名牌,我恍然步入了一幅墨香四溢的诗书画卷之中。

那年我四十七岁。而在七百年前的延祐二年,四十七岁的黄子久却被投进了监狱。更为悲催的是,在其入狱之时,熟读经史的他苦盼几十年被元廷中断的科举制度恢复了。可他身陷囹圄,丧失了报名参考的资格。而他入狱的原因如《录鬼簿》所记,竟然是"以事论经理田粮获直,后在京为权豪所中"。工作中不违背良心,说了几句真心话,得罪权贵,从而失去了人身自由。三年之后,他刑满获释,求职不成,浪迹杭州,以道袍裹身,卖卜鬻画为生。孟子曰:"天将降大任于斯人也,必先苦其心志,劳其筋骨,饿其体肤,空乏其身,行拂乱其所为,所以动心忍性,曾益其所不能。"人生五十,颠沛流离,黄子久以一个失败落拓者的形象一步步来到了富春江边,斯人大任,天意如此。

明代李日华的《六研斋笔记》如此记录了他在富春江边的行为表现。"黄子久终日只在荒山乱石、丛木深筱中坐,意态忽忽,人不测其为何。又每往泖中通海处看激流轰浪,虽风雨骤至、水怪悲诧而不顾。"意态忽忽,枯坐乱石,激流成浪,风雨如磐,这既可看作是对山川自然的感悟与体验,又可理解为道教的苦行修炼。两者相辅相成,共同促成了他思想方式、生活态度与生命道路的重新选择。富春江边,他看似等待,实则是在寻找,在发现。

东汉初年的严子陵从钓台缓缓起身策杖而来。这位汉光武帝刘秀的忘年交本名庄光,后因避汉明帝刘庄名讳,被赐姓严(《论语·为政篇》集注云:庄,严也)。在长安太学里,严子陵身为学长,对孤苦无依的小弟刘秀青眼有加。二人曾同游灞陵,于驿站八角亭中，刘秀面对王莽的一篇辞颂，发出了"我刘家王朝能否中兴"的慨叹，让严子陵相信自己慧眼识人。建武元年，刘秀建立东汉政权，好友严子陵竟然瞬间从他身边消失。他思贤心切，国内发布通告按图索人，五年后终于有人发现泽中披裘垂钓的严子陵。严三延而至洛阳。二人同睡，严光故意将脚搁置在皇帝的肚皮之上。翌日早朝，便有太史奏告"客星冲犯帝座"。政治之险恶，他直接彩排给皇帝观看。"早知闲脚无伸处，只合青山卧白云。"他拂衣而去，深藏富春山水。钓台上一坐千年，溪水潺湲，石笋西东。从此，富春江拥有了自己独立于天地之间的精神内核。

南朝吴均乘一叶扁舟自富阳溯流而上。"风烟俱净，天山共色。从流飘荡，任意东西。""水皆缥碧，千丈见底。游鱼细石，直视无碍。急湍甚箭，猛浪若奔。""夹岸高山，皆生寒树，负势竞上，互相轩邈，争高直指，千百成峰。泉水激石，泠泠作响；好鸟相鸣，嘤嘤成韵。"《与朱元思书》任意拿出一句，都是山水文字的妙笔。吴均好学有俊才，文体清拔，古气盎然，开创一代文风，时称"吴均体"。可南朝几代，一百六十九年共历二十四帝，君臣皆有朝不保夕之虞，政治生态极度紊乱，更迭频仍，动荡不安。众多知识分子洁身自爱，只能寄情山水来排遣心中苦闷。"鸢飞戾天者，望峰息心；经纶世务者，窥谷忘反。"因为严子陵的存在，吴均一管清流选择了美不胜收的富春江。一封简短的信笺让富春山水的美得以千年流传。

大宋名臣范仲淹以贬谪之身前来睦州，重建破败不堪的严光祠。在《桐庐郡严先生祠堂记》末尾有名句曰："云山苍苍，江水泱泱。先生之风，山高水长。"范仲淹对此次修缮极为重视，他在与朋友的通信中多次提及，施工过程力求完美。祠堂落成之时，他专门请来会稽僧人为严子陵画像，亲自向大书法家邵疏求字，上述引用的那篇后记他更是尽心运笔，亲力亲为。严先生高风之明灯，在历经千年之后，又一次被范仲淹的如椽大笔奋然拨亮。从富春江畔，范文正公一身正气，文支武绌，逐步走向大宋权力中枢，开启庆历新政，试用一己之力挽回日下江河。改良失败之后，他不恋权柄，斩断名利，心向江湖，在《岳阳楼记》中一吐"先天下之忧而忧，后天下之乐而乐"的宏阔誓言。于严子陵之后，为华夏知识分子划出又一条难以企及的精神标高。

在一枚灯火的指引下，黄子久发现了富春江千年流传的美妙，找到了富春江自由高蹈的魂魄。他默然从随身携带的布袋里掏出画笔，而为了这个如此轻巧的动作，他在富春江边一坐整整三十年。《富春山图》创稿为元至正七年，此时黄子久八十岁。至正十年竣稿，又三年逝。五十年生活磨砺身心，三十年江边沉淀灵魂，一千一百八十多个日夜描摹一幅画作，画成三年而逝。思接圣贤，往来天地，位居"元四大家"之首的黄公望是用生命创作了如星辰北斗般的《富春山图》。这幅画的创作可谓奇迹，它后来的命运则更为传奇。此画本是为师弟郑樗（号无用上人）所绘，四百年后有赝品从民间辗转入宫，被附庸风雅、以假作真的乾隆帝一题再题，还在画名中硬塞入一个"居"字，从而产生歧义。因其间有"焚画殉葬"之故，画被烧为两截，各自流传。如今以《无用师卷》和《剩山图》分别珍存于台北故宫博物院和浙江省博物馆。

"松柏本孤直，难为桃李颜。昭昭严子陵，垂钓沧波间。身将客星隐，心与浮云闲。长揖万乘君，还归富春山。清风洒六合，邈然不可攀。使我长叹息，冥栖岩石间。"按着以诗致敬的体量计算，严光大体可以排位在隐逸名士陶渊明之前。光唐代诗人中向严子陵表达敬意的就达七十多位，知名者如李白、孟浩然、白居易、孟郊、刘长卿、杜牧。更早可追溯到南北朝谢灵运、沈约等人。宋代除范仲淹外，后来致敬者不乏司马光、王安石、苏轼等政治家兼诗词达人。这些诗词无不借着对富春山水美景的赞叹，道出了对严先生高风亮节的景仰之情。可翻看以上名人录，又会发现，他们极少有人舍得如黄子久那样以生命致敬，最终在名利场中无奈翻滚一生。

不知果真见到严光先生,他们会是何等心情。

"君因卿相隐,我为名利来。羞见先生面,黄昏过钓台。"元人赵壁《过钓台》提醒我,心地杂草未刈,尚无拜见先生的资格。那年初春,我未敢驻车桐庐,贸然晋谒。我期待着自己终有一天再回到富春山水的画卷之中,于七里濑的钓台之上,朝着严光披裘垂钓的身影肃然深揖。他的身旁,有范文正公,有大痴子久。彼时节,江天一碧,猿啼蝉鸣,清风徐来,肺腑若涤。

一座桥的挽歌

在献县城南六公里的单桥村,京德御道与滹沱河古道纵横相交,交叉点即为单家石桥。《献县志》载:"崇祯初,木桥圮。知县李梓白议建石桥……凡十年工竣。"崇祯十三年(1640年)石桥落成,一举成为京南交通咽喉。明清两代,官员进京述职或是离京赴任,必从石桥经行。经年累月,那些得意与失意的车轮从桥面碾压而过,留下两道深约二十厘米的辙印。"单家桥上辙印深,不见当年宦游人。无赖西风河畔柳,秋波犹自照浮云。"车痕诉说着石桥旧日的繁华,只是那些熙来攘往的名利过客早已湮没在历史的尘埃之中。

石桥南头建有一座小小的文化公园,在一块不起眼的石头上镌刻着文天祥的绝句《过滹沱河二首》。不承想,在这荒僻的乡间桥头,还能遇到自己景仰的人,暗喜之余将诗句默记于心。同时也对这个没落无名的单桥村心生敬意。

说到对抗元英雄文天祥的纪念,特区深圳留给我的印象颇深。那年的冬日,我转乘地铁和公交车去游览凤凰山森林公园。岭南的冬日犹有仲春的感觉,凤凰山上绿树成荫,葱葱郁郁。我沿着石径随游人一路攀登,来到山腰的平台之上。凭栏远眺,海天苍茫,伶仃洋为小山陡增几分壮丽行色。回首仰望凤岩古寺,殿宇嵯峨,香烟缭绕。我有意绕开朝拜的人群,却无意间在一旁的回廊里读到了文天祥的《正气歌》。初始我以为这仅作补壁之用,没承想廊内一转就进到了文天祥纪念馆。细细读来,方知这六百年古寺也是文之曾孙文应麟为纪念文氏先贤而建,心中肃然起敬。没想到一次即兴薄游由此演变成了厚重的文化之旅,真是意外收获。

午后下山,本意是原路返回,却在一个Y字路口走错了方向,误打误撞地遇上了街头另一座文天祥纪念馆。该纪念馆面积不大,门面却异常古雅。

从半掩的门扉望进去，迎门处是一座文山先生的汉白玉雕像。其后小院干净整洁，陈列厅轩窗明亮。因时间不够凑巧，我没能进门参观，只在门口匆匆留影后满怀怅憾地离去。来到东南沿海，我才想起这一带有那么多的古地名与文天祥息息相关——潮阳、五坡岭、零丁洋、崖山……有宋一朝就这样节节退败，最后消失于天海之间。"宋之亡，不亡于皋亭之降，而亡于潮阳之执；不亡于崖山之崩，而亡于燕市之戮。"至元十九年十二月，文天祥面南而坐，从容就义。至此大宋魂魄散尽矣！

历史的吊诡之处在于，真正置文天祥于死地的并非元朝统治者，而是那些由宋降元的文武官员。文天祥不死，他们便活得无地自容。于是他们调动一切手段，包括上报朝廷的奏折和发动民间的流言，无时无刻不在提醒着文天祥是一枚可能随时起爆的抗元炸弹。这些奏折与流言，无疑成了文天祥生死天平上的死亡砝码，沉甸甸地压在了忽必烈的手掌之上，让他无法高抬贵手，放文南归。文天祥玉山倾倒的一刻，很多人终于搬掉了压在心头的这座道德大山，从此万事大吉，天下太平。

自然，这一干人中应该不包含文的二弟文璧。文璧在元军猛攻其驻守的惠州时开城投降，归顺了元朝。诸多历史细节表明，文璧的这一选择好似事先与哥哥达成了某种默契（此细节非但不会辱没文的英名，反而更能彰显他于家负责、于国同难的伟大情怀）。文天祥与三弟文璋信中有言："我以忠死，仲以孝仕，季也其隐。"元初，南宋遗民赋诗讽刺文璧不似哥哥一般忠烈。诗云："江南见说好溪山，兄也难时弟也难。可惜梅花如心事，南枝向暖北枝寒。"文璧号文溪，哥哥就义之后，他独自承担起了恢复家族、赡养老人和抚育文家子女的重任，文家祖祀与后代子孙得以保全。正是因为有了文璧的忍辱负重，今天我们才有幸在凤凰山上见到文应麟对宗祖先贤的纪念。是也，非也，相信人心自有公论。

我伫立深圳街头憬然想起，单石桥头所镌文天祥《过滹沱河二首》，实为其在押解入京的途中所写。至元十七年，文天祥由元兵押往大都，自广州出发，经英德、曲江、韶关，过大庾岭入江西，大余、赣州、吉州、南昌、鄱阳湖，经湖口入长江，到南京、真州、扬州、高邮、宝应、淮安、邳州、徐州、鱼台、济宁、宁阳、东平、陵县、献县、河间、保定、范阳，最后到达大都。请允许我完整地记录这段由南及北五千里行程，这些地方将因文山先生最后踏足而名垂青史。征雁高飞，寒蛩夜唱，身为将死之囚，却得以完整而忘情地饱览祖国的壮丽山河，其幸亦悲！他每至一地，即寻找精神上的知音同道，赋诗铭志。百感交集中，与他无比钟爱的故国家山做了一次漫长又悲怆的诀别。

来至滹沱河岸边，面对浩渺烟波，他不由联想起汉光武帝刘秀艰难复国的往事，由"萧王麦饭""滹沱合冰"进而发出了"世间兴废不由人"的感慨。从他这一声无奈的喟叹里，我们或许更能读出他坚定不移的死志。"臣心一片磁针石，不指南方不肯休。"《指南录》《指南后录》，文天祥一生中最重要的诗作名篇都创作于他两次被捕之后。

"过了长江与大河，横流数仞绝滹沱。"文天祥吟哦已毕，神态安详地踱过长桥，仰天而去。二百九十年之后，河上木桥几经毁圮，单家石桥终于落成。时间又过去三百年，同治十年，滹沱河完成了历史上最后一次改道，自藁城、晋州间北徙，在献县北部与滏阳河汇聚成子牙河而归海河，最后注入渤海。迄今，滹沱河一直行现道而无大变。伴随古河道日趋干涸，单桥的交通价值早已不复存在。于是它遭人遗弃，隐身乡野。于是它因祸得福，在遍地焦土的抗日战争中得以完好地保存。我确信，**任何一座古老桥梁都承载着非比寻常的意义，仿佛穿越之门，从此岸到彼岸，可证历史，可鉴未来。**

京口瓜州一水间

京口乃镇江古称。镇江至今仍保留有京口区。京口,即京师码头。"京口瓜洲一水间,钟山只隔数重山。"从南京到镇江,城际列车每半小时一趟,区间只需二十分钟。即便是在交通不便的古代,这里对京城的重要性亦不言而喻。其与瓜洲共处长江和运河的十字交叉线上,军事锁钥,经济通衢,实乃国家命脉的闸口。清光绪年间,瓜洲作为文学地标中另一处著名的古渡,已在洪流冲击之下坍塌无存,仅剩京口独峙江岸,如今依旧在唐诗宋词的流风余韵中顾盼自雄。

京口之行，有人意在金山，在法海、许仙、白娘子。不晓得世间多少人与我有相同的疑问：为什么中国古代传说里，总喜欢让善良聪慧的女子爱上一个不谙情事的男人（诸如牛郎、董永、梁山伯，许仙更是一个遇事畏葸、摇摆不定、身不担当的男人）？是因为这样的男子尤为憨态可掬？还是为了衬托女子的金坚玉洁？或许从古至今，在爱情里总有一方付出更多，依照惯例，痴情的角色分配给女性更有利于大众接受与传播吧。有人则意在登临北固楼，栏杆拍遍，一抒当年辛稼轩"千古兴亡多少事？悠悠。不尽长江滚滚流"之浩叹。还有人意在焦山《瘗鹤铭》，想去实地探求中国书法史上意义非凡的"大字之王"的未解之谜。而我，则是为了见证两次发生在王朝末端、不载于历史的路过。

此去镇江，我取道德州，经济南，过聊城，直奔徐州而行。这一段路程高铁一直是沿着古老的大运河在走。

道光十九年四月，"因故罚俸"的龚自珍挽舟南下，此时节也正行走在大运河上。因故罚俸之"故"，即是因为他太狂傲，不为时代见容。其实从道光七年开始，他已经戒诗整整十二年了。一位才华盖世的思想家和诗人，在何等令人窒息的世态里，才可以仅仅为了主人的面子好看，而选择对自己近乎残酷的"自宫"。即便如此，在冠盖如云的京城里厮混了二十年，他才做到正六品的礼部司官，相当于为王府管家的"包衣大"。

冷署闲曹，形影相吊，薄俸不足以持家，只能靠典当心爱的藏书艰难度日。"牢盆狎客操全算，团扇才人踞上游。"思想和才华在这里最为廉价，正直的品格只会加重生命的负荷。他已经四十七岁，来到知天命之年的门槛前，终于明白了一个"真理"——狂傲只是别人弃用你的借口！你狂傲他们说你狂傲，你收敛他们依旧嫌弃你不能谄媚。在这个满目荒芜没有生气的时代，你想敝帚自珍、洁身自好也是万万不能的。于是，那就走吧。别了，帝京之城！别了，少年的幻梦！青年的抱负！中年的雄心！

透过苍茫夜色，我隔窗远眺古水悠悠的大运河，仿佛在河面上看到一盏微弱但倔强的灯火。在渔灯光不盈尺的照耀里，已经弃绝官场不再戒诗的诗人又一次诗情勃发，胸中块垒排闷而出，指点江山，抨击时弊，忧时济世，面对国脉之艰，民生之苦，一次次泪洒青衫。"不论盐铁不筹河，独倚东南涕泪多。""我亦曾縻太仓粟，夜闻邪许泪滂沱。"彼年岁次己亥，这一首首涂抹在账薄纸上丢进竹篦的诗作，后来收编为他著名的《己亥杂诗》。在饥民与纤夫的身影中，他日夜牵念的还有一位老朋友——林则徐。三个月前林受命钦差大臣前去南方禁烟。出京之时，他曾呈上一篇《送钦差大臣侯官林公序》，情辞慷慨地提出禁止鸦片贸易和杜绝白银漏卮的十项建议。信中除了对林寄托家国厚望，还倾诉了惺惺相惜的挚友深情，表达了自己会相随南下、共商大计的设想。不料林在给他的回信中委婉劝道，"弟非敢沮止旌旆之南，而事势有难言者"。万方多难，国势衰微，老友此去，身陷政治旋涡，其险恶也是可以想见的。在大运河的桨声灯影中，他盼望并想象着与朋友南天相聚的美好时刻。

且慢，那一场为中华民族带来微茫转机的小聚，也将是他们的诀别，谁能忍心一笔写尽？让我们暂行去到金山寺，先来等待崇祯二年的另一场路过。"那管风涛千万里，妙莲两朵是金焦。"金、焦二山皆为江中小岛，因为长江改道，南岸水量锐减，北岸冲击力剧增，几乎在瓜洲沉陷同时，金山与江岸渐渐连为一体。

如今游金山寺，不必舍舟登岸，走过长长的山门，而是由一侧园门进去径直到达天王殿前。这样的游园路线看似只是少走了几步无关紧要的冤枉路，实则游客们因为没有时间收拢杂念，故而少有几分虔敬之心。金山寺始建于东晋，为中国佛教禅宗四大名寺之一。寺院依山而建，山寺错落，融为一体。

穿过天王殿，昂首直见大雄宝殿。我猜想，此处应该就是张岱所记金山夜戏的发生地了。

那年中秋后的第二天，山阴人张岱取道镇江前往兖州，日暮时分泊船在北固山下的江口。"月光倒囊入水，江涛吞吐，露气吸之，噀天为白。余大惊喜，移舟过金山寺，已二鼓矣……余呼小仆携戏具，盛张灯火大殿中，唱韩蕲王金山及长江大战诸剧。锣鼓喧填，一寺人皆起看。有老僧以手背搦眼翳，翕然张口，呵欠与笑嚏俱至。徐定睛，视为何许人，以何事何时至，皆不敢问。剧完将曙，解缆过江，山僧至山脚，目送久之，不知是人、是怪、是鬼。"

张岱由明入清，遁迹山林，于凄凉晚景中回首鲜衣怒马的少年时光，写下了一篇篇惊为天人的小品文字。明清文人小品让我们懂得文字的价值，在其真、其善、其美，而非全在政治主旨、宏大叙事和道义承载。

"不信玉门成畏道，欲倾珠海洗边愁。临歧极目仍南望，蜃气连云正结楼。"任何一个王朝到了末期，总要生出几位试图力挽狂澜、偏又时运不济的志士英豪。这既是个人悲剧，更是王朝崩陷的象征。大明如此，大清也逃不过这个宿命。道光二十一年六月，出于求和需要，禁烟成功的林则徐从东南沿海被发配新疆伊犁，孤身一人踏上了万里谪戍的征程。这一次路过京口，他决定泊船登岸。因为在这大生死、大抉择的紧要关头，他必定会见两位挚友，怀有无比重要的事情托付。龚自珍自丹阳乘舟，魏源从扬州渡江，在京口一处毫不起眼的小院里，三人促膝而坐，执手晤谈。"风清尘不到，岸阔鸟难过。"此次聚会三人做出一项重大决策：由林则徐提供资料，由魏源执笔，编写一本介绍世界的百科全书。转眼林行期已至，聚散匆匆，江边挥别，自此青衫飘零，孤篷万里。仅仅三个月后，才华横溢的龚自珍客死丹阳，其压卷之作恰是两首怀念故人的《咏史》诗。六个月后，五十卷本《海国图志》完成最后修订，不久即刊刻问世。受此影响，晚清启开了洋务运动的萌芽，日本进入了明治维新时代，东方世界此消彼长的新格局已悄然指向甲午之战。

绕大雄宝殿后门出来，在熙攘杂沓的游人脚下，在初春和煦的阳光里，藏经楼前忽见一只紧倚栏杆安卧而眠的花猫。**它似睡非睡，眼睛半闭半睁，一副享受当下、无关世事的神仙表情。**宝殿后墙上写有五个醒目大字：度一切苦厄。金山下来，我沿江岸向北固山、焦山去。与这两次镶嵌在历史缝隙中的路过一样，此生我亦路过京口矣。

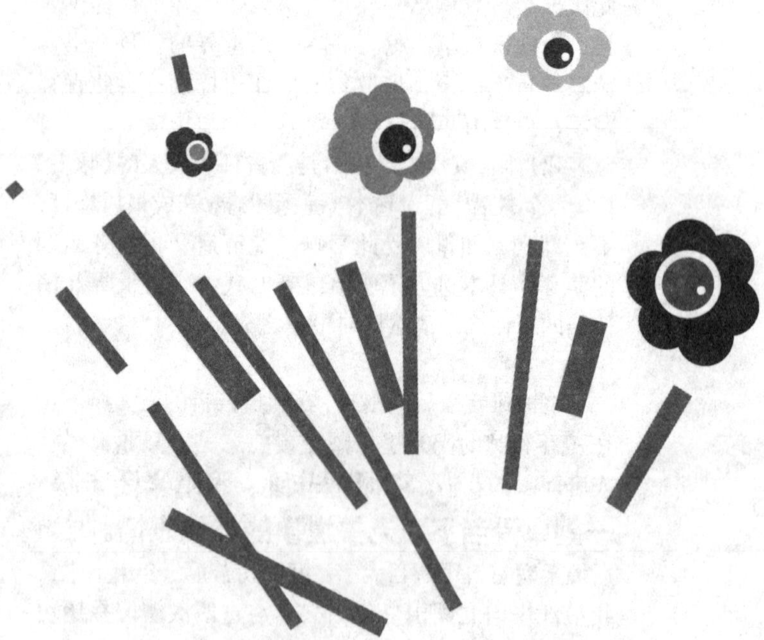

第三章

我们都是被爱着的小狗

很多事很糟糕,
但人间有人间的好。

月亮月亮你别走

一

：

  一位文友的个性签名选用了席慕蓉的一句诗：走着走着就散了。初读时别有一番感慨，网络上风一阵雨一阵的，有几人惺惺相惜，只如初见？还不是繁华落尽，一拍两散，又开始了对下一场热闹的追逐。

不仅网上如是，任何时代都少不了名利之约。如果生活变成某些人苦心经营的相遇，那么真正的离别就会彻底死去。我相信，离别只会发生在两个善良诚挚、情深义重的人之间。正如陀思妥耶夫斯基所言：**第一要真诚，其次要善良，最后还要我们永不相忘。**而朋友则描述得更为质感——你早已远离了我的生命，却依旧在我的山河岁月里，呼风唤雨，在我的铿锵记忆中，铁蹄铮铮。

我始终有个偏见，谁参透了离别，谁便省悟了人生。

二

：

仔细想想，人与人、人与万物只会存在两种状态：见和不见。两者之间，则是形色各异的离别，亦不足为奇。

"你见，或者不见我，我就在那里，不悲不喜。你念，或者不念我，情就在那里，不来不去。你爱，或者不爱我，爱就在那里，不增不减。你跟，或者不跟我，我的手就在你手里，不舍不弃……"这是仓央嘉措的一首诗，年轻人读到的是"默然相爱"，中年一过必然读出的是"寂静欢喜"。

爱情说到底也还是一场聚散而已。在人生的末端，盛筵渐冷，只有别离。此时如果还能葆有"寂静欢喜"的心，那才是真正领受了相聚或相爱的蕴藉。

三：

　　我最喜欢的一场离别发生在唐开元十八年的三月。柳絮如烟，花繁似锦，一位面容俊秀、风度翩翩的青年站在长江岸边，向远方怅望。那深情旷远的眼神，那心驰神往的模样，那随帆飞翔的思念，那追至天际的怀想，都紧紧地系在那位顺流而下的远行人身上。那个年长青年十二岁的人是他诗学上的朋友，二人在黄鹤楼下小聚几日，把酒赋诗，彻夜长谈。在青年人的心目中，那人更是他精神上的导师，扁舟泛湖海，白首卧松云，像高山一样耸立在他命运的前方。他爱这潇洒，他慕这风流，他决心追随着老师的脚步,抛却利禄功名,做酒仙做诗仙,骑着白鹿访名山。"孤帆远影碧空尽,唯见长江天际流。"这一场"情深不滞,意永不悲,辞美不浮,韵远不虚"的离别,就像一幅"不着一字尽得风流"的画卷,定格在了盛唐光芒万丈的诗坛。

其实唐朝著名的送别还有很多。"海内存知己,天涯若比邻"多的是少年刚肠,"劝君更尽一杯酒,西出阳关无故人"多的是深情体贴,"莫愁前路无知己,天下谁人不识君"多的是劝慰遣怀,"洛阳亲友如相问,一片冰心在玉壶"多的是洁身自爱,"山回路转不见君,雪上空留马行处"多的是孤高悲壮。而到了晚唐,送别诗中多的是低沉徜徨、黯然神伤的情调,根本无法与这场风华正茂、神采飞扬的离别相提并论。

四：

李白对孟浩然的景仰目送又叫我想起了发生在清朝初期的另一场离别。其时王船山先生隐居山里,门前一片桃花,屋后万仞青岩,过着不知魏晋的生活。

一位旧友前来探望,系舟溪边,柴扉不掩,抵足而卧,不着一言。三日之后,朋友辞别,船山先生只说,我行动不便,于此目送十里罢。朋友船行五里,忽然想起了一句话,掉头回来,仍见老先生岸边拄杖,风中伫立,银髯飘拂,心随意远。

朋友为一句话而返,这是何等的骨骼风雅。船山先生说目送十里就十里,绝不因为朋友走远而轻慢。这又是何等的襟怀坦白!

五

：

说到目送,其实生命的过程正是上帝目送我们的过程。史铁生在《人是歧途》中提到,人,就是歧途。也许上帝设计这歧途是为了做一个试验:把孩子们放进龌龊中去,看看谁回来的时候还干净。

我赞同这一说法,从读到这一句话开始,心便较以往更真切地感受到来自头顶的那双眼睛。我愿意在归去之时,听到上帝说,你真是一个干净的孩子。

六：

"长亭外，古道边，芳草碧连天。晚风拂柳笛声残，夕阳山外山。天之涯，地之角，知交半零落，一壶浊酒尽余欢，今宵别梦寒。"这是李叔同于1908年填词的《送别》，曲作者是约翰·奥德威。相比而言，我更喜欢这首词的上阕。几乎是白描手法，得《天净沙·秋思》的神妙。细品之下，又化出深藏不露的禅意，仿佛正是他日后出家持修禅宗的引子。只可惜，一个"残"字掺了进来，还是萌动了一点凡心，没有达到"何处惹尘埃"的境界。到了下阕，则离情别绪尽显，"零落""浊""余欢""寒"等字词，心系凡尘，又让我们读出了一段天涯孤旅望断归鸿的寂寥与缱绻。

这首词，若是创作于叔同先生出家之后，应该有另外一种写法吧。不过其时其境，还会不会在离别上费一番笔墨，这又要另当别论了。

故乡，别来无恙

一

：

读书偶遇一段文字，是作者为他旅欧朋友寄去的一缕乡愁。

"我在乡下有个小屋，称之为'别野'，因为听着有腰上别着野花荆条或柴刀入鞘的小痛快。离

'别野'三十六步之遥的地方有方池塘,一树的樱花在春天里铺天盖地,美得让人心惊。春风翻过篱笆进来,院里有海棠,有十八学士的茶花,还有玫瑰、芍药半亩,花朵绽放,摇曳生姿。一间小屋,一方歇身之地,可抛却繁杂,可忘却江湖。你有你都市风貌,我有我乡间小调。**心所期望的地方,怎么看都是美的,怎么过都是欣喜**。在乡间的日子,循着饭香可以回到童年。妈妈的饭香,和炊烟一起,让满身都是幸福。家常饭菜,老式的八仙桌,父母兄妹齐齐下筷,家常菜也吃出了丰满和满足感。我喜欢小村,所以月亮、星星、松林、稻田,觉得都是天赐的礼物,晨烟、暮霭、白鹭、夜莺,都是自然的馈赠。与之对视,两看不厌。纵然岁月苍凉,身心也算有了托付。"

一个从未离开故乡的人,或是一个早早归来的人,身心无从寄托的滋味,他不曾饮尝,也便不晓得乡愁是怎么一回事。

二:

汪曾祺的笔下,总有一条幽深的南北向的小巷。

我以为，那便是他记忆中的故乡。

巷子里有一个男孩儿叫小龙，他喜欢的女孩儿叫玉英。巷子里的人家，一家家数过去，总有一家姓夏。我想，在这数过去的院落中，便有汪的家，或许恰好与夏家做邻居。

夏家的院子里从春天开始就有绽放的荷花，一直要到秋天里。还有几盆大桂花，缸里养的金鱼。夏家的院子里摆着矮脚的方桌，桌上的细瓷盘里放着毛豆、芋头。若是中秋赏月，就会添两盘月饼，当然少不得还有一壶酒。

苏浙皖一带，惜物的传统一直都在。我看过五六进的宅院，每一重天井里，都栽满花木药材，就连屋檐上滴下的"天落水"，也被收集起来，用以浇花、养金鱼、种缸莲。北方长大的孩子，童年生活好像没有这样的精致。我的家乡院子里从不植荷桂，更没有见到谁家还养着金鱼。地里也不产芋头，毛豆都是母亲埋进灶灰里烧着吃，很难想象这些物什会和中秋连在一起。

三：

父亲在门台东边栽上了两棵小枣树。

第二年枣树就长出了甜甜的枣米，母亲说，你们兄弟俩一人一棵，到了秋天里，自己吃自己的。靠近门台的这一棵枣树脑瓜大，阳光晒得好，枣子结得多。弟弟说，我要这一棵。靠墙边的那一棵，枣子少得可怜。我说，那我要这一棵，因为我是哥哥。父亲母亲很高兴。到了秋天里，父亲从县城回来了，将我和弟弟举到肩膀上，伸手摘红红的枣子。第三年，小毛驴啃了外面那棵小枣树的皮，小枣树春天里没发芽没长叶。父亲回家时，将小枣树锯下来，选一根树枝给奶奶做了枣木拐棍。我就指着我那棵枣树对弟弟说，这棵枣树算咱俩的。弟弟笑了，父亲母亲也笑了。

"江水三千里，家书十五行。行行无别语，只道早还乡。"袁凯的家书中写满了父母对游子的惦念。四十年过去，我和弟弟都已步入中年，父亲六年前离世，母亲的眼睛也早已苍老得无法写下一封家书了。

四
：

萧红的乡愁里总是离不开呼兰河边的月光。

19岁那年，她从家里逃出到北平来，在北平大学师范学院附中读高一。深秋九月，她仍旧穿着初来北平时的单衣。面对同学们异样的目光，她用力点点头对自己说："不冷。"可是到了夜晚，那白晃晃的月光就像是冬日呼兰河上冰凌的反光，别人都睡去了，唯有她还醒着，醒着的人更加觉得寒冷。"冬天到来之前，我离开这儿。"在一个月光照亮的暗夜里，她想。如果依着父亲和继母的安排，她已经嫁为人妇，做了吃穿不愁的汪太太。可她总觉得自己心里的梦，像是一团火。她没有办法像同龄姑娘那样，嫁个门当户对的男人，生儿育女。于是她选择了逃离，而后是不停地漂泊、流寄。十年之后的某个月夜，她在离家千里之遥的香港，铺开一沓厚厚的稿纸，郑重地写下：呼兰河传。她真的太想念呼兰河边的月光了。

"黄瓜愿意开一个谎花，就开一个谎花，愿意结一个黄瓜，就结一个黄瓜。若都不愿意，就是一个黄瓜也不结，一朵花也不开，

也没有人问它。"抚养她长大的祖父走了,那月光也变得冰冷了,她仅剩的这点儿自由也失去了。

五

:

三十年前初中年级的新年联欢会上,一位少年站在教室的中间,领着全班同学合唱一首《故乡》——

在这静静的黑夜里,故乡,故乡,我想起她。在这绿油油的草原上,故乡,故乡,我想起她。故乡,我亲爱的故乡,高山青,绿水长,长相忆,永难忘……

歌声一遍又一遍,反复咏唱着,没有人愿意停下来。仿佛歌声永不停歇,这美好的聚会就不会散场,我们的故乡和青春便会永在。其实在那个年纪,没有哪个孩子懂得故乡的意义。现在想一想,**那年少幼稚的歌声,那青春做伴的时光,又何尝不是我们回不去的故乡啊!**

你还可以这样写友情

唐朝有个县令,偶然听说一位诗人路过他的县境,即刻修书一封,邀请对方来家中做客。两人在此之前从未谋面,可谓素不相识,但是这封信写得却是饶有趣味。信中说,先生好游乎?此处有十里桃花;先生好饮乎?此处有万家酒店。诗人自然好酒,又喜美景,仅凭这两句话,便欣然应邀前往。二人相见,主人盛情款待,谈及信中所言美景,笑着告曰,桃花者,十里外潭水名也,并无十里桃花。万家者,开酒店的主人姓万,并非有万家酒店。诗人听后大笑不止，不但不觉得被人愚弄，反倒为主人的机智幽默和真性情所感动。诗人流连数日，白天二人相偕畅游桃花潭，看潭水深碧，翠峦倒影，群山飞红，入夜二人抵足而眠，有时竟彻夜促膝谈心，相见恨晚。主人恨不得倾其所有，日日美酒佳肴，临别时赠诗人骏马八匹，官锦十缎。

在分手的东园渡口，主人在古岸阁内为诗人设宴饯行。一杯一杯复一杯，两人对酌山花开。送君千里，终有一别啊，千言万语，尽在酒中啊，无奈啊，伤情啊，惋惜啊。诗人登上了兰舟，主人在岸上突然脱去了朝靴，赤足踏歌："君若天上云，侬似云中鸟，相随相依，映日御风。君若湖中水，侬似水心花，相亲相恋，浴月弄影。人间缘何聚散，人间何有悲欢，愿与君长相忆，莫作昙花一现。"

诗人激动的泪水涌出了眼眶，看着情投意合的朋友一路赤足相送，这难舍难分的高尚情怀怎不令人动容？于是诗人咏道："李白乘舟将欲行，忽闻岸上踏歌声。桃花潭水深千尺，不及汪伦送我情。"

还是唐朝，一名青年诗人与宫中御用乐工惺惺相惜，互有好感。他们经常出入王府侯宅，抬头不见低头见。照面时两个人点头致意，相互礼让，他喜欢他的音乐，他敬慕他的诗才。但由于工作关系，二人从未有过真正的交谈，更谈不上交际交往了，应该算是精神世界的朋友吧。远远地听到他的演奏，诗人就会停下来，静心洗耳，在悠扬的《渭川曲》里深深陶醉。但他并不曾写过一篇诗文来专门赞美他的音乐，因为在他看来，世间没有哪个文字能表达其中的含义。而他也是深懂诗人的，如同他的诗，写给内心，从不辜负自己，更不想取悦任何人。他的音乐和他的诗，就像两个星系里的恒星，以各自的光芒独立成系，不靠近，不远离，互为照耀，交相辉映。

若是没有晚年的那次相遇，若是没有诗人暮年的感喟之作，也许没有人能理解他们的心有多近，情有多深。七年的安史之乱甫过，满望着破碎的半壁江山，在落花流水的潭州，诗人一身褴褛，踟蹰而行，在逼仄的小巷内，长满青苔的石板路上，他与乞讨的乐工不期而遇。为了糊口，他逶迤在一家门前，正在演唱令人肝肠寸断的《伊川歌》。诗人不忍卒听，连招呼都不必打，踽踽离去。

山河破碎风飘絮，身世浮沉雨打萍。这一见，多少荣辱兴衰，多少云烟过眼，诗人却按捺住这决堤般的情感潮水，举重若轻地写道："正是江南好风景，落花时节又逢君。"

杜工部的这首《江南逢李龟年》，是他一生最后的一首七绝，全诗二十八字，无一字提及他们的友谊深浅,更没有卖弄他们当初的相互欣赏,甚至不会让人们听出他们现已落魄至此。因为他们的友谊与金钱和地位无关。可是当你懂得了他们友情的来龙去脉,你会体悟出这淡然的句子,却"世运之治乱,年华之盛衰,彼此之凄凉流落,俱在其中"。

《赠汪伦》亦是如此,李白没有吹捧他的朋友,只是真实客观地记录了这次渡口的惜别。汪伦也没有任何依托李白的文笔来扬名立万的企图,他只是喜欢诗喜欢诗人而已。两人都不会想到,这一首近于口语的诗会流传千年,他们只认定这是个极为自然的事。越是自然、纯真、洁净的友情,越能入诗,越能流传,越值得在人心中经久珍藏。

在哄乱的历史舞台上,那些入酒入肉入金钱入权势入赤裸裸的利益的交往都会披上诗的外衣满场流转。高山流水的知音之交只会守在安静的一隅不露痕迹。也许千年一亮相,是为了给懂得的人看到,那意思是说,我还在。

一起穿越忘川河

《圣经》里有一条河,名曰忘川,只要喝上一口忘川河水,你所有的烦恼就会统统忘掉。可是这样一条河流,我们在人世间哪里才能找到呢?

在贴吧里读到一个很有创意的帖子:如果失忆了,你想忘记什么?我被它吸引,但并不急着打开观看。我在想,若是要我一个答案,我想忘记什么呢?童年的糠菜度日?舍不得。青年的盲目无知?舍不得。中年的日渐消磨?还是舍不得。或许是我的生命略显平淡吧，竟没有一件刻骨铭心的苦痛让我甘愿从神经中剥离。那一刻我蓦然对人生有了一种失而复得的感觉，而在此之前我却从没在意。

"摩羯座 YOUYOU"说，只记得学业、亲情和友情就够了，其余的全忘了吧。我想这是一位学生，学业、亲情和友情现在是他生活的全部。但这不能是生命的全部，以后的岁月里，他会在记忆的回收站里还原一些价值连城的东西，如果他没在某个冲动的时刻全部清空。

一位匿名用户说，能忘记现在的爱情最好，希望一切重新开始，让我遇到一个爱我的男人。既然是爱情，怎么可以加上时态呢？**爱情的魅力就在于历久弥新，最浪漫的事莫过于相互陪伴着慢慢变老。**不要担心为爱情付出的太多，如果你总在点击爱情刷新键，那只能永远沉陷于闪恋的痛苦之中。

"小杭杭"说，我的答案是——初吻！这个惊叹号一下便泄露了你的记忆有多么深刻，在这个初吻中我保证你得到的远比失去的要多。你会在梦中继续品尝到它的甜蜜。

"我迷路了"说，我想忘记以前所有的我。我想你是真的迷路了，若想找到自己的路，首先要找到自己,不是吗?

"内伤很别致"说,从头再来那该多好啊。如果你不能变成另外一个人,从头再来的结果你仍然会收获同样别致的内伤。山在那里,水在那里,你也会准时出现在你当初的位置。

"爱的边缘"说,忘记让我深爱过却伤我最深的他。我多么同情你的选择,假使你和他对调一下,他也会选择忘记你吗?他会不会感谢你留给他的智慧、从容,会不会用更加博爱的胸怀来对人对事,放心地等待美丽成熟的爱情?

另一位匿名用户说,忘记我愚蠢的付出,因为那是后悔的付出。抱歉,对方也同样后悔了吗?这只是你做过的一件小小的傻事。在白纸上滴一滴墨汁,然后钉在20米之外的墙上,看看你有什么发现吧。

"下一站有你幸福"说,忘了图图,让图图也忘了我吧。聚了散了,爱了断了,然后相忘于江湖。没错,下一站有我们的幸福。

有一则故事,上帝赐给痛不欲生的人们一次机会,让他们把自己的痛苦写在纸上,然后随机交换。当人们阅读到别人的痛苦之后,都迫不及待地抢回了自己的字条。世界上没有一个人可以摆脱痛苦的纠缠，最重要的是我们看待痛苦的态度。当我们无限放大心中的痛苦时，生命就会日渐萎缩，自行垮塌。生命只有一次，既不能推倒重来，更不可能选择性失忆。我们唯一能做的，只有把痛苦慢慢地咀嚼，细细地品味，消化，吸收，最后转变为生命中爱的营养。

前两天在华澳婚宴上遇到了一位老领导，从他蹒跚的脚步上我才得知，他春节时竟然脑血栓发作，好在他积极恢复，才只留下了左腿走路不利索的后遗症。听他跟人轻松地说着话，仿佛从鬼门关上跑回来也是一个精彩的故事。看他的笑容更让你以为他确实捡了个大便宜。我非常好奇他自得其乐的秘诀，他自豪地传授给我一个数学算式：$X + Y = Z$。X代表未知的年龄，Y代表未知的疾病，Z代表已知的死亡。是啊，我们每个人都在向着已知的死亡，行走在未知的旅途中，为何还要自寻诸多的忧伤负累上路呢？

冰心说，**人类啊，相爱吧，我们都是长行的旅客，向着同一的归宿。** 无怨无悔的相爱即是心中那一条忘川的长河。我们本无须忘记什么，只需在爱的指引下，轻轻穿越这赎救的静水深流。

我的孤独像一座花园

写作是孤独的。写作者尤为孤独。

这孤独可以分为两个层面。一是写作本身由一人独立完成,像电影中的独白,自始至终都得不到回声。二是作品若无缘面世,如空谷幽兰,那么从生到死都在孤芳自赏的状态。

而写作的意义,或者说写作最大的动力,则源自与人交流,觅得知音。

近日读到王小波生前说过的一段话：我觉得自己太缺少与人交流的机会——我相信，这是写严肃文学的人共同的体会。但是这个世界上除了自己，还有别人；除了自己身边的人，还有整个人类。写作的意义，就在于与人交流。因为这个缘故，我一直在写。

小说家王小波的小说在他生前却是不知名的，仅有的一些读者，也多是因为他戏谑而又正经的杂文和随笔，就连他最著名的"时代三部曲"也是在他逝世一个月后举行的首发式。他最受读者喜爱的长篇小说《红拂夜奔》的图书宣传语上写道：他的作品以手稿的形式在高校里流传。所谓"手稿的形式"，即是没能公开发表之意，尽管能激起读者购买的欲望，但读来实在令人心酸。王小波对自己的小说也有较为清醒且无奈的认识——有的实验性太强，好像有点"繁复"过头了，试过几家杂志社和出版社，都不接受，还有的被认为思想有问题。王小波如此评价完自己的小说，往往会跟着一声苦笑。如今我们一提到王小波，自然就会想到他的"时代三部曲"，想到他脍炙人口的《红拂夜奔》《万寿寺》《似水柔情》《东宫西宫》。可是在他生前，这些作品不得不沉睡在他暗无天日的箱底，用以考验王小波在写作中承受孤独的能力。

我想到了那个接到某文学杂志副主编电话的下

午。我从未设想过自己能接到一位专业编辑打来的电话，更不敢奢望有人能拿出那么长的时间来与我探讨我作品的得失。直到今天，我都无法忘怀那个电话带给我的写作动力。此前近二十年我一直自喻是"黑屋子里写作的人"，就是从那一刻开始，我写作的暗室中漏进了一缕阳光。只有多年在写作中孤身前行的人，才能体会到这一缕阳光的暖和亮，哪怕它再细微再薄弱。

王小波的英年早逝，在当年并没有引起文学界足够的重视。谁也不会妄言，是那份浓到无法化解的孤独，过多地消耗了他的创作才华，继而夺走了他的生命。但是我们可以设想一下，如果将今天对他创作的赞誉和作品的追捧，换置在他无人喝彩的生前，不敢说他的生命会不会延长，可以肯定的是，他的创作应该能达到另一个高度。

我始终不解，我们为什么那么吝啬去公正地褒奖一个活着的人？但在他死后，却又会在极短的时间内来纠正曾经犯下的错误，而往往还要矫枉过正！

弗兰兹·卡夫卡被尊为西方现代主义文学的先驱和大师。可是这位出生在布拉格的保险公司小职员却无从享受这份至高无上的荣誉。在他生前艰难的写作中，只有少数可怜的短篇小说得以发表，但又影响甚微，不足以改善他的创作境遇。而他的三部长篇小说可谓步履维艰,直至病逝也没能完成。当他在孤独和绝望中死去,他的遗嘱是写给唯一关心自己写作的朋友马克斯的:最亲爱的马克斯,我最后的请求是,我的遗物里,凡属日记本、手稿、来往信件、各种草稿等等,请勿阅读,并一点不剩地全部予以焚毁。

这是一份被米兰·昆拉德称为"被背叛的遗嘱"。马克斯执行了朋友的遗嘱,但他在闪烁的火苗中读到了《变形记》的开头。他不忍心将如此美妙的文字付之一炬,他扑灭了正待燃起的火盆,抢救出了卡夫卡的《审判》《城堡》。如果没有这个"错误",世界文学的发展也许会是另外一番样子。

庆幸之余,我们需要思索的是,卡夫卡的作品没有变,王小波的作品没有变,他们生前的孤独与死后的荣光反差极大地摆在我们面前,像地球两端的极昼与极夜。那么改变的到底是什么?我们能否在这样的思索中厘清一些东西,给身处极夜之中真正的写作者以直面孤独的勇气。

香得痛痛快快，你们管得着吗

一

：

我在手机里翻看到一段汪曾祺先生生前接受采访的珍贵视频。他坐在书房里，手上夹着纸烟，谈到家乡的高邮湖，娓娓道来，不紧不慢。印象最为深刻的是他的声音，干净，无邪。细细品味，乡音中浸透着一丝发自内心的、脱不掉的孩子气（听韩美林说话亦有如此感觉）。即使没有《受戒》《大淖记事》等名篇佳作，这样任真可爱的老人，一点儿也不会招人厌烦。这是我当时最为强烈的感受。

最近在电梯里偶遇一位住在八楼的邻居，眼睛、嘴巴、神态包括额头的形状都与晚年的汪曾祺先生神似度极高，举止间亦有几分江南人的精致。我注意到他的牙齿，应该也是一位资深烟民。不晓得这位邻居会不会烧得一手家常小菜。我很想与他结识，可又担心他说话的声音会破坏我的美好想象。于是我一反常态，从未主动与之攀谈。失敬之处，还望他能谅解。

二：

汪曾祺中年之后饱受忧患，尝尽世间冷暖，他是最有理由高筑城府的那个人。

1958年补划右派，汪曾祺在劫难逃。据史料可查，其"罪证"竟是他所写的鸣放小字报《惶惑》。其中有一句最为领导所憎恶："我愿意是个疯子，可以不感觉自己的痛苦。"结尾处，他竟如此飘逸地写道："我爱我的国家，并且也爱党，否则我就会坐到树下去抽烟，去看天上的云。"

没有人在意他的痛苦，更无人读懂他天真的誓言。于是他被补发一顶右派帽子，发配到张家口沙岭子农业科学研究所劳动。令人惋惜的是今天我们已无法看到他亲笔绘制的马铃薯图谱，但我们依然可以从他的记述文章中窥测到他幽微的心曲，从《葡萄月令》的字里行间发现他醉心于自然、忘情于苦难的热爱生活的本领。这本领不是故意的、做作的，而是他融进血液、深入骨髓的。

汪曾祺先生从张家口调回到北京京剧院写剧本，一来二去跟余叔岩、郝寿臣等多位名角成了朋友。他曾在文章中写到一段花絮——郝寿臣拿着别人帮他写的讲话稿上台，念着念着禁不住大赞："他说的真对啊！"惹得台下听众大笑。文章中汪曾祺称赞郝"己不居功，古道可风"，可他却没有写明，那篇讲话稿的撰写人正是自己（多年之后汪朗在《汪曾祺回忆录》序中才有披露）。可巧己不居功的二位长者仙逝之后，墓地相距不远，泉下相见一定会趣事重提。

三：

汪曾祺先生的文字，愈到后来愈发的洒脱，老辣，淋漓笔墨中透出的那份任真，令人忍俊不禁。

《夏天》中有一段专门写到栀子花。"凡花大都是五瓣，栀子花却是六瓣。山歌云：'栀子花开六瓣头。'栀子花粗粗大大，色白，近蒂处微绿，极香，香气简直有点叫人受不了，我的家乡人说是'碰鼻子香'。栀子花粗粗大大，又香得掸都掸不开，于是为文雅人不取，以为品格不高。栀子花说：**'去你的，我就是要这样香，香得痛痛快快，你们管得着吗！**'"

我相信，写下这段文字的时候，汪曾祺先生已经化身为栀子花。这语气，这词句，或许也为诸多自以为是的文雅之人所不取吧。我仿佛又听见汪老先生躲在书房一角说："我就是我，我偏要这样写，管你喜欢不喜欢，去你的！"

四：

林斤澜是汪曾祺先生生活中的挚友，写作上的知音。因为经常接到汪迷打来讨要汪家电话号码的电话，终于忍不住问对方："你从哪里知道我家的电话？"对方毫不掩饰地回答："是汪老师给的。"

这就令人费解了。既然汪都能告知朋友的电话，为什么不可以把自家的号码直接给对方呢？林一个电话打过去追问究竟。不料汪理直气壮地说："我不记得自家的号码！"

"你干吗不记着自己的号码？"

"因为我从不给自己打电话！"

林一想，果然没毛病。遂一笑释然。一问一答，从头至尾，活脱脱两个顽童！

五

：

汪曾祺先生在一篇纪念老师沈从文的文章里，写到沈先生读书有一个习惯：沈先生读过的书，往往在书后写两行题记。题记的内容倒也简单，"有的是记一个日期，那天天气如何，也有时发一点感慨"。想必这样的题记，汪在西南联大上学时读过不少。可他偏偏对其中一条印象极为深刻。

"有一本书的后面写道：'某月某日，见一大胖妇人从桥上过，心中十分难过。'这两句话我一直记得，可是一直不知道是什么意思。大胖女人为什么使沈先生难过呢？"

多少年过去，汪曾祺先生唯独有此一记，可见他被这两句话的触动之深之久。这正是他与沈先生共有的任真之处。我冒昧从师生二人的敏感性情出发，以自己的童心揣测——青春和美在眼前凋落而无力挽回，这足以令沈先生心中黯然神伤。汪先生虽未形诸文字，但他初见时便已共情入心。不然看似极其平常的这句话，他如何能铭记几十年呢？

六：

写及汪曾祺先生，我一直有两个小小的遗憾。其一是他与黄永玉先生早年间亲密无间的交谊，可是到了两人晚年互动的文字颇为少见，殊为可惜。如若不然，不难想象二位大师会给这矫饰的文坛奉献多少真性情的奇文妙语。

关于亲疏淡远，孰是孰非，他们既没有互谤互诽，也不必虚与委蛇。此正可作任真观。

时代造成的误解，深如沟壑，岂是三言两语就能释清？若可解释，二位皆是洞明（世事洞明仍不失任真，尤为可贵）之人，自当无需一言。二人犹如两颗恒星，并峙银河两岸，不靠近不疏远。还好，他们各自有光，在中国当代文学大系里，彼此辉映，亦不增损对方的光芒。

近年来，多有学者写至二人友情的变迁之处笔法皮里阳秋，讳莫如深。这无疑会给读者造成若干不切实际的揣测。在我看来，其实大可不必！朋友之名，不外乎同门同志之称，一俟同行，或停或转，都不妨碍仍旧作一个可剖肝胆的人。

遗憾之二，汪曾祺写有几十万字的过关材料（可留做一介文人裹卷入时代风浪的历史见证），这得耗费他多少创作精力啊！愤懑之余，他画挺直的菊花，画黑袈裟罗汉，画浅浅的酒盅。酒盅只有一只，他的寂寥无人陪，他的任真无人解。令人欣慰的是，这份与生俱来的任真终在他文字中葆存下来，永久不会磨灭。

一场诗意的邂逅

书法家欧阳中石先生在一篇回忆老师顾随先生的文章中,写到顾先生青年时期曾与冯至先生有过一个关于写诗的约定。文章名为《只能仰望夫子,不敢忝作学生》,收录在《顾随先生百年诞辰纪念文集》中。这段文字原文如下:"先生与冯至先生二位还有一个'约定',二人的诗都不含糊,为了逊让,二人把旧体诗与新体诗分划领域,各守一体,冯先生不再写旧体,顾先生不再写新体。"由这一发生在现代文学史上鲜为人知的小小细节,牵引出了顾、冯二位先生相交四十年的笃厚情谊，还有一段长达四十余日、朝夕相处的青岛畅游的美好时光。

顾、冯二人相识之时，24岁的顾随刚刚从北京大学毕业任教山东青州中学，而16岁的冯至还在北京大学德文系读预科。1921年春末夏初，经同事涿州人氏卢伯屏介绍，顾随开始了与伯屏君胞弟卢季韶及其同乡冯至的通信。暑期顾随转职济南《民治日报》任《半周刊》（文艺副刊）编辑。冯至最早公开发表的诗作也正在此年10月21日的《民治日报·半周刊》上。仿佛心有灵犀，顾随有信寄去北京，告知"君培（冯至）之诗，已在本报周年纪念增刊号中登出"。同日冯至又寄来其他诗作与《随感录》。交往之初，年长八岁的顾随即对冯至的新诗评价甚高："居今之世，青年——有知识者——殆无有不觉烦闷者。君培诸作都是此生的代表。君培天才高出，能超越烦恼，自寻乐趣……"由此拉开了两位诗人神魂相交的序幕。

翻开厚厚的信札，几乎每个字词都浸润着浓浓的诗意，从尘封的岁月深处闪耀出诚挚的光芒。"君培的近作千万都寄来给我看。我渴极了，要饮些酒浆了。（顾）""伴小灯，夜凉透肌，远远犬吠……此时怀人，何须秋雨？！（冯）""初冬的大风啊，我该如何的感谢你，又怎样地恨你呀！你增加了我们朋友间情感，却又增加了我们相思的情怀和孤独的悲哀。（顾）""**连刮了三天的大风了，也是应当的道理，风不刮，树叶子怎么会落呢？**（冯）""君培说，'风不刮，树叶子怎么会落？'直是极冷之语；然而另一面观来，也是极热之语……佛要普度众生，须知正是他冷处，不是他热处。雪山修道，冷结了晶，才发生这番极热——普度众生——的心愿呢……（顾）"。一去一回，一来一往，就让我们领悟到了惺惺相惜的两位诗人之间，无时无刻不是诗情的交流，一字一句都是诗篇的交响。

诗人之间鸿雁往还，怎么可能缺少了瑰丽诗篇？1923年2月旧历年底，顾随收到冯至的诗代柬，于返乡途中写成《禹临道中口占寄伯屏，代候京师涿郡诸友》四首，第一首即问候冯至："君已到京师，曾见老冯未？诗思长几许？近可有新泪？"仅仅过了几日的正月初三，又以《打油诗一首致君培》索诗："新春小雨细如丝，又向君培索近诗。若问甘陵顾羡季，近来搁笔已多时。"同年暑假，顾随回家探亲，绕道北京与冯至及卢氏兄弟会面。短暂相聚又别离，冯至写下《别羡季》以寄惜别之情："在雄浑之风雨声中，那客人轻轻地，叙些娓娓的别语：你自望东，我自望西，莫回顾，从此小别了！"嘤其鸣矣，求其友声。书信频传，诗歌酬唱，聚散有时，魂梦相系，终于催开了一场两位诗人1924年夏天相约的青岛畅游。

6月中旬,顾随结束了济南女中的课业,邀请冯至先到济南共游泉城,然后同去青岛消夏。22日冯至如约而至。两位青年诗人在济南盘桓十日,于7月2日抵青岛借住胶澳中学。关于这段同居一室、朝夕相处四十余天的生活,顾随致友人的信中多有详尽记录。"每夜就寝前,必与君培谈一二小时。""君培在此间,每日下海,洗海水浴,入市作浪漫游,读书作文,都极兴会。""与君培在会泉山炮台所照小影,思作小词题其上。"六十六年之后的1990年,健在的冯至为好友顾随卅年忌辰倾情撰写的《怀念羡季》长文中有如下记述:"那时济南还是家家泉水,户户垂杨,《老残游记》里描绘的风貌还没有多大改变。我和羡季几次大明湖上泛舟,历下亭前赏雨,品尝鲜嫩的蒲笋和某饭馆(元吉楼?)院内活水养育的鲜鱼,至今记忆犹新。我们于7月初到青岛。我们这两个土生土长的燕南赵北人第一次看见海,非常兴奋。无论是海,是山,是花木园林以及一些建筑,无处不是新鲜的……晴日我们去海滨游泳,雨时在室内读书谈天。羡季从前写诗,这时致力填词,也读西方的小说诗歌;我则写诗,写散文,写不像戏剧的戏剧,杂乱无章,想到什么就写什么。有时也沾染旧文人的习气,我们出游到太平山顶,在石壁上题诗,致使一年后羡季在一首《蝶恋花》前半阕里写:'一自故人从此去,诗酒登临,都觉无情趣。怕见太平山上路,苍苔蚀遍题诗处。'我题的是什么诗,早已忘记,但我后来每逢想到羡季这首词,便暗自庆幸,幸亏一年后苍苔便把它埋没了,以免在晴天碧海间丢丑……"六十六年,一位85岁的老人,竟然对那段日子里发生的每一件小事还记得如此清晰,这是何等深刻入骨的情义!唯有深情若此,才对得起那诗一般的生活,才能留下这诗一样的抒写。

欢会总有离别时。冯至于8月中旬去青返平,顾随赋赠《临江仙·送君培北上》,上阕抒情:"去岁天坛曾看雨,而今海上秋风。别离又向月明中。沙滩潮定后,残浪与谁同。"这一首小词,谱成了两位青年诗人青岛畅游的最后乐章。而从现在留存下来的诗作考察,那个"二人把旧体诗与新体诗分划领域"的约定应该就发生在同游青岛时期。除了顾随当时的书信文字可以从侧面提供佐证之外,顾随此后确实再无创作新诗,而冯至的诗歌成就也绝无涉旧体。二人有此"密约",难道是以瑜掩瑕、自避其短吗?非也。我们可以来读一段顾随先生信手写就的短文。"天上牛乳一般的月光,地下琴瑟一般的流水,中间的我,听水看月,我的肉体和精神都溶解在月色和水声里。……渐渐地听不见流水,渐渐地看不见月光,渐渐地忘记了我。天使在天上,用神圣的眼睛,看见肉体的我,块然立在西城门上,在流水声中,在明月光里。"《月夜在青州西门上》

通篇充满诗性禅意，简洁无一赘字，化诗入文，复沓中递进，一字成诗，一句成诗，段落成诗，完篇成诗。仅凭这样的文字驾驭能力，如何写不好新诗？冯至先生的旧体诗因二人已有"各守一体"的约定，故而不曾着意收存，散佚殆尽。幸得顾随词作中时有直引，比如"颜上愁纹深几许""春去与谁堪共语，风中乞丐雨中花"等句，让我们略可窥见冯至先生旧体诗作极为深厚的家学功底。

1960年9月6日，顾随先生病逝于津门，两位享誉四海的诗人四十年交谊暂告一个段落。1993年2月22日，春寒料峭之中，被鲁迅盛赞为"中国最优秀的抒情诗人"的冯至先生在北京寓所溘然长眠。至此，一对诗人始于世纪初叶、长达七十三年的腹心之交在人间静静地画上了休止符。我相信，在暂别三十四年之后，两颗高贵圣洁、深挚多情的诗魂在天国一定会再度相见，再续前缘。道左相逢，倾盖如故。那个不曾见载于文字、二人共同恪守一生的君子约定依然被珍藏心间。

君培弟，我以古诗爱你——说愁绝。更愁绝。愁绝天边月。十五始团圆，十六还成缺。野旷树声悲，楼高灯影澈。若问此时情，一片新黄叶。

羡季兄，我以新诗思念你——如果你在黄昏的深巷，看见了一个人儿如影，当他走入暮色时，请你多多地把些花儿,向他抛去!他是我旧日的梦痕,又是我灯下的深愁浅闷,当你把花儿向他抛撒时,便代替了我日夜乞求的,泪落如雨……

顾冯之交,风神俊雅,谦谦逊让,共同成就了一段令后人无限憧憬的诗坛佳话。

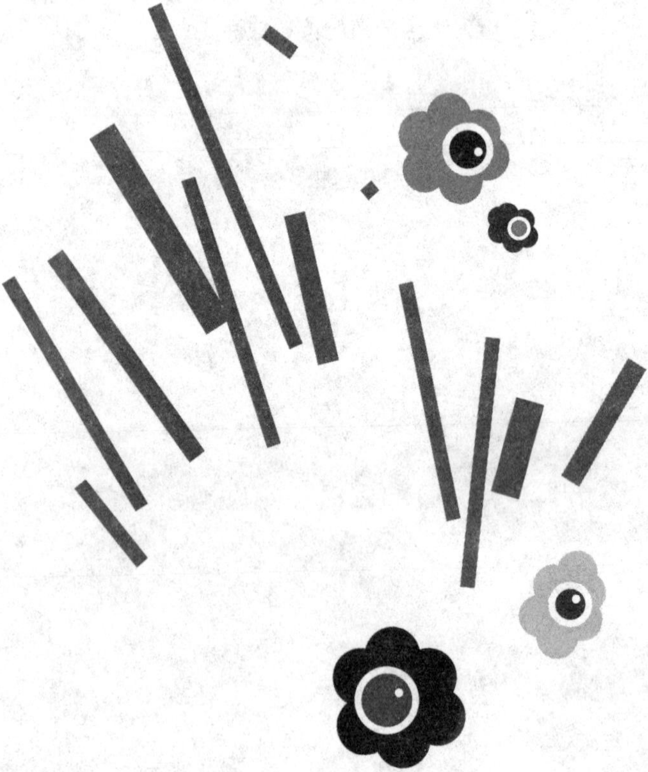

第四章

世界是一张密密麻麻的备忘录

我频繁地记录,目的是为了让幸福可以随时翻阅。

帽子的奇思妙想

一

:

古代有很多典故都和帽子有关,譬如沐猴而冠。司马迁在《项羽本纪》里记载了这样一段对话。有人献计于项羽说:"关中地势险要,有山河为屏,土地肥沃,可建都立霸业。"项羽看到秦宫已毁,一心想要东归,他回答:"富贵不归故乡,如衣锦夜行"

那人窃说:"人言楚人沐猴而冠耳,果然。"锦衣夜行,自然不是项羽先生做人的风格。可是嘚瑟迟早会付出代价,尽管项羽烹杀了此人,但他终究逃不脱"不肯过江东"的命运。再如南冠楚囚,唐人赵嘏诗曰:鲈鱼正美不归去,空戴南冠学楚囚。可见,帽子还具有地域及文化特征。又如弹冠相庆、衣冠齐楚、峨冠博带等等,帽子在古人的生活中,实在是不可或缺的道具。

在古代,男子并非一生下来就有戴帽子的资格,而是要长到二十岁才由家长为孩子举行束发戴冠的仪式,性质似现在的成人礼。《礼记》中写道:二十曰弱冠。也就是说,二十岁之后,帽子才会在男人的世界里扮演重要角色。**一个男人也只有到了二十岁,才会理解头上有顶帽子的真正意义。**

二:

最会拿帽子说事儿的莫过于项羽的死对头刘邦。当初见到巡游的秦始皇,他就显现出比项羽更深的城府。项羽毫不掩饰地说："彼可取而代也。"怎么听都是一赳赳武夫。刘邦长叹："嗟乎，大丈夫当如此也！"赞美之中暗含着艳羡与不甘。似乎这两句话中透露出的胸怀和视野，就已经注定了后面的垓下之围和乌江自刎。

将伟大理想和实际行动完美统一的正是他的"帽子把戏"。刘邦这家伙早年为了招募和笼络"敢死队"，替自己冲锋陷阵打江山，竟然当众把尿尿到儒生的帽子里。羞辱文人，无非就是变相取悦武卒，让他们舍得性命。一旦江山在握，想要延绵无尽，文治重于武功，他又将"溺冠"的旧事重提，向天下学者真诚道歉。晚年又以太牢大礼祭拜孔子，标榜自己对文化的尊崇。高祖出身沛县小吏，伎俩足够市井无赖，连司马迁都没办法睁一只眼闭一只眼，不顾汉武帝的"美祖"要求，在《高祖本纪》批注里狠狠写下：卑鄙是卑鄙者的通行证。

三

：

宋太祖赵匡胤在帽子的发明创造上更有心机。

这位借助陈桥兵变、被生死弟兄披上黄袍的哥们，龙椅还没坐热，就导演了"杯酒释兵权"的好戏。抹干涕泗，又开始顾虑喜欢交头接耳的文臣。自己正是依靠结党营私上位，他可不想再在这上面栽了跟头，于是长翅帽应运而生。诏书明令：属官在幞头纱帽后面分别加上长翅，长翅用铁片或竹篾做骨架，要有一尺多长。可想而知，只要脑袋一动，软翅忽忽悠悠，极易引人注意不说，隔了两尺距离，哪里还有悄悄话可言。从另一个角度讲，长翅帽也恰好给了官员们更多的安全感，没了私聊，如何去传播小道消息说别人的坏话呢？宋朝相对开放的官场姿态或许也正得益于此。

有这两根长长的帽翅，官员们都自觉养成了走路小心翼翼的习惯。就算是微服私访，老百姓仅凭他们端正的架势也能一眼看穿。这样的帽子戴着，每日上朝都会颈椎痉挛，一旦回到家里，若想吟得"人约黄昏，暗香浮动"，长翅帽是个绝对的束缚，此时乌角巾又引领了新的社会时尚。可能苏东坡参与了乌角巾的设计，身为名人又自觉做了形象代言，乌角巾就被大众称为东坡巾。有兴趣的人可去考证，这是不是商品冠名的由来。

四：

东汉袁闳不满朝政昏聩，就"散发绝世，欲投迹山林"。李白不得意时也喜欢牢骚，发誓说"人生在世不称意，明朝散发弄扁舟"。摘下帽子，散开头发，就意味着辞官归隐无意仕途，这从反面说明了在人们的潜意识里戴帽即是做官。

其实乌纱帽一词直至明末才出现在社会流行语中。清初顺治入关后，并没有急着革新朝服，等到统治稳固，才下令将官员戴的纱帽一律改为红缨帽。可人们仍旧习惯使用乌纱帽一词，乌纱帽作为官位的代称一直沿用至今。现如今有的官员根本不戴帽子，却深谙衣锦还乡的道理，所以老百姓依旧能够一眼看得出来。

五：

英国人有两项了不起的发明，一是西装，另一个却不是礼帽，而是避孕套。只是在避孕套上，他们不愿独占其功，偏要取名为"法国的帽子"。看来英国和法国并非总是像进入圆明园时那般团结亲密。在互黑方面，英国人更显机智。

关于性的幽默，东西方都不约而同选择了帽子，委实有些冤屈。想想帽子自产生之日起就欺压在人们头上，又觉得拿帽子开开玩笑，真是再好不过的主意。

吃了还想吃的味道

　　小区的西南角原是一片隙地，我搬来的前几年一直荒着。房价忽高忽低，开发商好像是无暇打理。后来市里整顿宝云街，临时在那里开辟了一个农贸市场，可由于商户们纷纷观望，入驻率不高，北半截空出了一大片场地。最近因为"创城"的需要，城管部门加大了市容巡查力度，便常有近郊的菜农骑着三轮车过来，零零星星地摆出几样自家菜畦里种的时令小菜，时间不长，相继招徕了不少附近小区跳广场舞的大妈。每天下午三四点钟，便是这个小小的自由市场最为热闹的时段。我时常出门打乒乓球，为抄近道（人都有走捷径的天然属性），喜欢从那里穿行而过。

开春之后，菜摊上先是出现了荠菜、面条菜和苜蓿苗。随着大地一天天回暖，蔬菜的品种日渐繁多起来。我最抵挡不过小葱的诱惑，水灵灵的一小捆儿，只需要两块钱。为了卖相好看，菜农们常把小葱择得干干净净，浅白的根，翠绿的叶，看一眼都招人欢喜。回想小时候，家家生活捉襟见肘，没有什么给小孩子解馋的蔬果，春天刚刚长齐的小葱甜而不辣，已是难得的好口味了。我对小葱有一种常人无法理解的执着的嗜爱，母亲从菜园里新割回家，我便迫不及待地抹掉根上的泥土，一绺一绺塞进嘴里大嚼特嚼，母亲看得瞠目结舌，给我取下一个"葱阎王"的绰号。那个年代里，新鲜的小葱、韭菜，自家也舍不得吃，常常要走村串巷去卖。我们小孩子会一路跟着卖菜人，贪婪地吮吸着菜根割口里溢出来的香气。卖菜人生意不好，也会心烦意乱地驱赶我们。我们一个个"狗仗人势"，破口大唱：小葱韭菜，人吃狗卖。也许是我们的恶作剧引来了看热闹的乡亲，一唱一和却成了最好的招牌，卖菜人的生意反而好了起来。过去村庄里的人们大多性情敦厚，就在这样不和谐的演唱中做成了和谐的买卖。他们甚至都没人站出来责怪我们，他们知道，日子穷苦，小孩子们也可怜呢。

我挑了一把小葱，转眼又看见相邻的菜摊上码着十来棵粉嫩鲜艳的小水萝卜，每一根水萝卜的红梗绿叶上还带着晶莹的水珠。想到汪曾祺先生作画，没有颜料还可用牙膏代替。三笔两笔，纸上便有了活灵活现的水仙、大蒜和荸荠，水萝卜也曾做过他的主角，便满心喜悦地买了回来。清水一洗，水萝卜的红粉之色愈加诱人，便试着按母亲的做法调制几个平原上流行的下饭小菜。萝卜梗去叶，切成末刀小段，拌细盐，加少许鸡精，滴几滴小磨香油，腌制一个时辰，晚餐就小米粥，可称极品；去掉的萝卜叶，盛在玻璃盏中，配另一玻璃小碗，碗中倒两小勺黄豆酱，萝卜叶蘸酱，清热解毒，若配有新出锅的白面馒头，口味绝佳；水萝卜竖剖，先切条，再切小丁装盘，均匀撒少许绵白糖，唇红齿白，如美人歌唱。佐白干三两，须小盅慢酌，咂一口春酿，嚼几粒萝卜丁，白干醇柔清洌，小菜甜脆爽口，不失为可遇而不可求的春饮。

无独有偶，水上勉在一本食记中也曾写到过萝卜。他认为，一根萝卜的各个部位都能加以利用，细细理出，做成美味的食物。这就是修行，是精进。他讲到的萝卜产自轻井泽的山庄，与母亲的水萝卜来自两个不同的国度。**即便是佛国与俗世，惜物之心，也能不谋而合。**

水上勉九岁出家。寺中住持与师父并不是每天为他传授佛学典籍，而是利用手边的食材来随心指导。有一次他洗菠菜，顺手扔掉了裹满泥巴、很难清理的菜根。住持走过来说："不要把最好吃的部分扔掉啊。"由此我回想自己清洗菠菜，也常常因为贪图省事，把菜根整整齐齐剪下来，作垃圾扔掉了。这多么可惜！还有洗菜的水，其中有了大地的营养，我们可以浇到花盆里，不是更好吗？

书中他还写道：食物除了有酸甜苦辣咸五味，还有第六味，叫作"余味"，就是吃了还想吃的味道。诗、书、画、音乐、写作，求得"余味"最难。日本著名导演小津安二郎亦曾说：**"人生和电影，都是以余味定输赢。"**水上勉的外祖母，就是靠着吃罐子里腌制的山椒，活到了八十三岁。在轻井泽的厨房里，煮着以山椒做佐餐小菜的早饭时，他就会想起这个腿脚不便、卧病在床的山村老人。其实我们每个人都深谙"余味"之美，它从祖先的舌尖之上，一辈辈滚动到我们的舌尖上来。食媒如同基因，承载着我们对祖先融入血液的赓续，绵延出我们对亲人无尽的思念。

"六月食郁及薁，七月亨葵及菽。八月剥枣，十月获稻。为此春酒，以介眉寿。"——一个古老的民族，总是与土地密不可分，与日升月落的简朴生活息息相关。

桃红李白,春天好颜色啊!就连楼角那几根铁棍一样生锈的枣树,也被春风搔得笑起来枝叶乱颤。可是没有了小葱和水萝卜,没有了"红嘴绿鹦哥"的菠菜,水上勉的素菜料理就少了一份惹人感动的食单,在汪老先生和我的评价表里,春色也要减几分吧。

以麻将之名

前些年读过一则笑话：飞机刚到双流机场上空，乘客就能听到麻将声声。说的是成都人爱打麻将，打麻将已成为成都人不可或缺的娱乐方式。今天把这笑话拿来，放到我们这座小城也照样适用，只是我们这里没有机场而已。成都人生在天府之国，麻将打得也讲究，要到装潢好的麻将馆里打一个声震屋瓦。我们这里讲究不起，干脆摆上街头，东西南北风，白板带红中，吃碰杠，挽胳膊，挓大腿，抽烟，撒尿，一样打得淋漓酣畅，响遏行云。

没有考证过，据说麻将的发明也在中国，最早称抹将，抹的是水泊梁山的一百单八将。后流传到日本和东南亚，也许是看中了"一条"上的小鸟，麻将被日本人唤作麻雀牌。最远传播到英伦三岛，也曾在英语世界里风靡一时。由此来证明华人遍布世界各地，我想麻将倒是最有着无可辩驳的说服力。不过这又是一个可作研究的命题了，自当有某些专家去挖掘论证。好像世界上也举办过一次麻将大赛，不晓得什么原因，没能像奥运会那样越办越红火，最后便没了踪迹。或许是规则太难统一，抑或是外国人没有领略麻将的真谛吧。

麻将初创，当属益智游戏，一百三十六张牌面的排列组合，其复杂的变化至今也无人道尽。而且每局都是一个新的开始，胜负易手，时来运转，成败无定，尽得乾坤妙处。随便提炼一下，就知其中蕴藏着诸多人生哲理。麻将原不为穷人设计，只有上流社会才把玩得起。输赢倒在其次，关键是要有那个闲散时间。清朝官场"清客十字令"是：一笔好字，二等才情，三斤酒量，四季衣服，五子围棋，六出昆曲，七字歪诗，八张马钓，九品头衔，十分和气。其中马钓，亦叫马吊，指的就是麻将。可见想在上流社会里混事也不容易。

麻将放下身段走入寻常百姓人家，应该是在改革开放人们解决了温饱之后。不愁吃不愁穿了，时光就显得无聊,就要找到一个物件来填补这无尽的空虚。扑克是舶来品,引进后又从未登过大雅之堂,自然是瞧不起。人自古好像就有这样的通病——嘴上骂着宰相不是东西,心里却想着如何与人家攀上亲戚,哪怕是娶到宰相家里的保姆。于是乎,麻将成了人们的首选。仿佛这麻将一打,便过上了非富即贵的日子。

真的没法说麻将的普及是好是坏。有的人手里摸上了麻将牌,就没有时间再去偷去抢去破坏别人的家庭。有的人也是因为手里摸上了麻将牌,才要去偷去抢去行些苟且之事。看来这不能归咎于麻将,到底还是人的关系。我们只听说某些官员在悔罪的时候提及他们的情妇和朋友,却从来没听说他们推脱罪名到麻将的身上。尽管有很多行贿受贿的事情都是通过打了几圈不显山露水的麻将才得以坐实。

其实麻将里面不单单有经济,还有着深奥的政治。比如说,"洁身自好"的段祺瑞就喜欢在牌桌上考察干部。善于跟风的傅良佐就一再得到提拔重用,而陆宗舆就在他的眼里臭了门市。原因当然不是历史书上所讲——五四运动中,陆和曹汝霖、章宗祥被爱国学生斥为卖国贼。段总理说,打牌虽是游戏,也可以看出一个人的品质。别人的票子都放在桌子上,只有陆宗舆装在口袋里,随时摸取,还经常欠钱。这种鬼鬼祟祟的样子很令人讨厌。也许陆宗舆到死都不明白，为何派他去巴黎和会上谈判签字，就糊里糊涂地成了人人喊打的过街老鼠。

张作霖的麻将人事更有一套。有一回他想改组财政部，两位候选人在不知情的情况下，被老张叫去搓了几局麻将。事后他把有意喂牌的朱有济擢升到了次长的位置，而段永彬却从此淡出了老张的视野。原因更为简单——这个家伙死活不点炮，把钱看得跟命一样，能干啥大事？

还是回到我们胜利路来，愈演愈烈的露天麻将，和那些趁着洗牌就地撒尿的人，已成为小城颇有代表的景致。这里没有一所国内知名的大学，没有一个为外人熟知的文化创作团体，没有一档百姓乐见的自办电视栏目。婚庆公司代表着这座城市的"文化自觉"，人们欣赏最多的演出便是喧闹的婚礼。这里的每一块隙地，都已被房产商人合法占领。鳞次栉比的高楼间，到处是酒店、宾馆、歌厅和足浴。博物馆、图书馆、音乐厅、文化宫还依旧栖身在发展的愿景里。近些时日，有商家的促销活动，打出了"拼跌"的主题词，于是整座城市到处是"拼跌"的海报，汽车都成了流动的"拼跌"宣传品。虽说"拼爹"现象已成为当今社会不争的事实，但如此毫不掩饰地承认并运用这个词，还是暴露了这座城市没有文化的低俗。幸好有"横一路""横二路"这样的官场之作托底，商家的噱头再无厘胡闹都有了被原谅的可能。

安济桥几近坍塌,宝云塔已遭亵玩。旧有文化正在消逝,新生文化尚未形成。在这样遐迩未知的空白时期,胜利路的麻将正可作最好的填补,甚至连撒尿也可计算在内。

一个骗子的独白

当我们担心谎言被揭穿时,就会编织一个更大的谎言将其覆盖。我们总是习惯用这样的方式来证明——那不是谎言。

美国 2006 年的圣诞老人,花落佛罗里达州名不见经传的莱波里诺。这位年逾古稀的老人,捐出的是一千辆自行车。他为什么会有如此稀奇古怪的想法呢?

这一切都源于四十年前的一件事。莱波里诺为了满足残疾儿子想从圣诞老人那里得到一辆自行车的愿望,在圣诞节的前一天,为儿子买了辆自行车,并打算在圣诞节那天带五岁的儿子骑车到郊外游玩。结果他的自行车停放在公园的草坪上不见了。为此他张贴了告示,告诉小偷他有多么失望。好心的人们不留姓名地为他送来了钱,他家出乎意料地收到了十多辆自行车,其中有一辆正是小偷送回来的。这件事情在当地引起了不小的反响,《佛罗里达报》专门作了一篇《好人为自行车失主做出补偿》的报道。

四十年后,当记者来采访这位圣诞老人为何要捐出一千辆自行车的时候,他的回答叫所有人跌破了眼镜。那个丢车的故事竟然是他编造的,因为他根本没钱为儿子买自行车。他戳穿了自己掩盖了四十年的谎言,这就等于他承认自己欺骗了当年那些捐款捐车的好心人。虽然他的生活并没有因为人们的捐助而得到彻底改善。当年他只为儿子留下了一辆自行车,其余的钱和车都送给更需要的人了。整个佛罗里达州人们善良的同情心居然被他戏耍了四十年。人们强掩着愤怒之情,以观究竟。

谎言的由来还得从四十年前的那个平安夜说起。他回到家里,看到了儿子满含期待的眼神。他知道这个世界上不会有派送圣诞礼物的老人,可是他明白儿子却始终坚信。在一筹莫展的窘况下,他一步步走入了自己为安慰儿子编好的谎言里面。是信以为真的儿子想出了张贴告示这个天真的办法，他也只能无奈地假戏真唱了。当然儿子得到了有生以来最快乐的一个圣诞节。可是在这之后的人生中，莱波里诺为了消除心里的内疚，发誓总有一天他要扮演圣诞老人，百倍千倍地给那些像他儿子一样期待自行车的孩子送去圣诞礼物。为了这个目标，他自强不息，奋斗了一生，终于在四十年后实现了自己的愿望。

我在想，这是一个多么迫不得已的谎言啊。一位善良的父亲为了成全残疾儿子的圣诞愿望，谎言的前提本身就是成立的。只不过是他采取了一种更为令人同情的方法，让人类的良善之心得到了释放与展现。他没有做什么亏心事，他没有贪婪地将人们的捐献全部据为己有，而是把得来的帮助转赠给了更多的人。即使莱波里诺永远隐瞒下去，也没人会来谴责他的。他真的没必要感到愧疚，更没必要为了挽回这个谎言而奋斗一生。

更令人深思的是他的确这样做了，并且真的做到了这一点。他成了众多孩子眼中期盼的圣诞老人，他终于可以满足孩子们的愿望了。当纯洁的孩子们向他投来敬佩的目光，他却把四十年前的丑陋和盘托出，当众向人们承认错误。他认为善良也不能作为说谎欺骗的借口。这需要多么大的勇气啊。

面对谎言,我们还可以选择像莱波里诺这样,铭记心中,勇于担当,时刻为之努力,最终将谎言变成千金一诺。这才是打破谎言最好的证明。

舌尖上的利益

一

：

从舌尖上获得利益，不外乎一个词：吹捧。

百度上搜索"吹捧"一词可得：在中国文化中，吹捧是人们最为得心应手、驾轻就熟、运用自如而又畅通无阻的文化。因其所得利益有目共睹，于是传承至今,有发扬光大之势。吹捧是一种经济,是无本万利的生意,和眼球经济、味觉经济、触觉经济一样大行其道。吹捧如此盛行还因为它是一种双赢,人的奉承行为大多数是自然的、无意识的反应,是人一生社会化的结果。吹捧是一种社会行为,而非偶然存在的个人行为。它是策略性的,但这种策略性因其具有普遍性而不易被人察觉。如今吹捧已基本为每一个社会人所掌握,人们渴望被吹捧,同时乐意吹捧别人,并从中得到好处。吹捧本身就是一种交互利他主义行为。人们在吹捧中相互得到利益,从而抵消了对吹捧进行道德上的谴责。吹捧是一种无证据的犯罪,人们不必受到惩罚。

二:

《笑林广记》中有则笑话:聋哑二人,各欲自讳。一日,聋见哑者,恳其唱曲。哑者知其聋也,乃以嘴唇开合,而手拍板作按节状。聋者侧听良久,见其唇住,即大赞曰:"妙绝,妙绝!许久不听佳音,今番一发更进了。"

读后击掌。

相互吹捧，其实都心知肚明。

演到极致，才能贻笑千古。

三：

魏晋吹捧之风最盛，笑话俯拾即是。

仅《世说新语》一书留下雅号的名士就达百人之多，《德行》《言语》《方正》《雅量》《识鉴》《赞誉》《品藻》《夙惠》《豪爽》《容止》等篇目中，嘉言懿行更如雨后春笋令人目不暇接。此人玉树临风，彼人云中白鹤，这人是"谡谡如劲松下风"，那位称"森森如千丈松"。王澄给友人写信，信中称赞朋友的儿子，写道"风气日上，足散人怀"。王澄是谁？他的朋友又是哪个？更不要提那没名没姓的小字辈了。

王导是王衍的堂弟，他夸赞兄长的话是"岩岩清峙,壁立千仞"。而历史上王衍只能算是身居高位、专谋自保、清谈误国的秀士而已。

更有甚者。范豫章谓王荆州:"卿风流俊望,真后来之秀。"王荆州回曰:"不有此舅,焉有此甥。"原来是一甥一舅,一唱一和,作呕,恰恰是那聋哑二人的真人秀吧。

令人始料不及的是,除此之外,还有人自吹不迭:魏晋以来,天下文才共有一石,曹子建独占八斗,我得一斗,天下其他人共分一斗。就整个文学史来考量一番,魏晋文学的成就恐怕连一斗也不足。真不晓得谢灵运从哪里给自己量出一斗来。

魏晋文人们自己拼命地吹捧,到宋朝被欧阳修一票否决:"六朝无文,唯《归去来兮》而已。"历史是公正严明的。

可将上述肉麻的吹捧之语放置今天,却感觉他们还懂得附庸风雅,犹抱琵琶,给自己留了半张脸。

四：

启功先生机智风趣，幽默达观，但对人对事又有一份难得的认真。这两者结合起来，常常让某些吹捧者在他面前露出马脚，颇为尴尬。

在启功先生的著作研讨会上，众人连篇累牍一番赞扬之后，终于轮到作者本人发言了。启功先生环视一周，抱拳称谢，然后给人们讲了一个发生在他自己身上的故事：邻居家有个机灵孩子，总喜欢跑到启功家里来玩儿。和蔼的启功先生又要忙于创作又不愿伤害孩子的自尊，于是就将一只手抚在孩子的头上说，真乖啊，快出去玩去吧。那孩子果然受用，这一招竟百试不爽。直到有一天，孩子出门前忽然冷不丁地回身问他，你总说我乖，我到底哪儿乖呢？启功先生竟一时无语。

与会的专家学者还没明白怎么回事，启功先生也像孩子似的问一句，你们刚才夸赞之后，让我想起了那个孩子，我也想弄个明白，我这作品到底是哪儿好呢？与会者鸦雀无声。

五：

人人在说"神马都是浮云"，个个心里仍有浮名作祟。

某些人，头上没有乌纱时，耳聪目明，神清气爽，血脉通畅，从里到外真人一个。可一旦职位升迁，出入高冠博带，便有吹捧者开始投石问路，继而围拢上来，攘攘熙熙，渐渐堵塞了闻观之路。他也就眼见不为实，耳听总是虚，只被抬得一天比一天高，成了一尊端坐半空没血没肉的聋瞽泥胎。

可怜这些人，并非他们心中不想要个明白，只是来不得启功先生的认真，不敢追问吹鼓手、抬轿手，害怕自己从半空落下来，把那耀眼金身摔个粉碎。

每个人都是一本书

一：

活字印刷发明之后,书的传播就变得容易起来。尤其到了近世,文字材料就愈加丰盛,凡是喜欢舞文弄墨者,皆可自费刊刻印书存世。形同网上发表文章,因为门槛等同于无,故此著文者越发口无遮拦,脸皮也越来越厚。传记、行状、日记、墓志铭、回忆录，再加上诸多版本的正史、野史，真假难辨，一不小心，就会掉入陷阱。

"试问闲愁都几许？一川烟草，满城风絮，梅子黄时雨。"因为这首《青玉案》，在宋词人中我一直较为喜欢贺铸。想象贺铸合该是一位多情、忠贞且正直的人，不然何以吟出此等对美人念念不忘、缠绵悱恻的诗句？只是近日读到一则故事，倒让我再读贺铸的词作时，总感觉像是饭里掺了沙子。

《铁围山丛谈》中记载一事。某次蔡京来到南方，书法家米芾和词人贺铸前去拜访。此时又有人前来谒见。来人挤对蔡京："人人都说你的大字写得好，不就是灯影照得显大吗？"蔡京不辩，只令人抬出大笔筒来。众人一瞧都傻了眼。蔡京当面写好"龟山"二字，在座诸人无不赞叹。等墨迹干了，大家准备上前围观，不承想贺铸一把把字卷了就跑。米芾大怒，撒丫子就追。为了这件事儿，贺、米二人闹至绝交，一时上了文学圈和书法圈的头条，多年之后才慢慢和解。

蔡京，何许人也！据传蔡京的字确实写得不错，可有没有好到要与朋友撕破脸皮的程度呢？为了讨蔡的欢心，如此赤裸裸的行为艺术，贺铸竟然也能做得出来。倒是那位敢于在人前挤对蔡京的人，书里该留下他的名字才对。

二：

《铁围山丛谈》的作者蔡绦，系蔡京的季子。这部书在宋代史料笔记中很是有名，记载的多是宋朝初期到绍兴年间的掌故轶事。蔡绦官至徽猷阁待制，有着很好的文笔，他行文简洁朴素，语气亲切。读者很容易被带进他的文字中去。

上面这则故事，在道出贺铸、米芾二人品质的同时，还不留痕迹地盛赞了自己父亲的书法。如果仅仅是赞扬一下蔡京的书法，倒也罢了。这部书中对蔡京的描述，硬是篡改成了天下第一等的谋国良臣。在儿子笔下，蔡京机智、大度、待人诚恳、淡泊名利、不计得失……是"感动"宋朝人物的不二人选。

书中记载蔡京官拜太师，宾客登门贺喜。他却毫无得意之色，谈笑如常。事实并非如此。徽宗初期，蔡京被免官居住杭州时，童贯以供奉官身份到三吴访求名家书画，蔡京巴结奉迎，日夜陪伴，极尽谄媚，为的是求童贯好将自己的书画送入宫中，重新获得皇家的赏识。

司马光执政，蔡京能在五日之内恢复差役法。

章惇掌权，蔡京又能洞察章的意图，主动提出推行雇役法。差役雇役两法，蔡京变化起来，易如反掌。

蔡京最大的恶是开启了徽宗一朝的奢侈享乐之风。他为徽宗解释《易经》中的"惟王不会"，意为"皇帝消费用不着会计"。趁皇家奢靡，自己借机敛财。最终导致国库空空，无力军备，蒙受"靖康之耻"。靖康元年，蔡京一家南下，逃避战乱，携带了大量金钱。但因为自己作恶多端，沿途百姓无人售卖给他东西，最终虚龄八十一岁的蔡京饿死潭州。

"八十一年往事，三千里外无家，孤身骨肉各天涯，遥望神州泪下。金殿五曾拜相，玉堂十度宣麻，追思往日谩繁华，到此翻成梦话。"这是蔡京南逃时写的最后一首词，凄凉晚景中依旧透着对失却名利的不甘和眷恋。这是蔡绦用多少"美父"文字都掩饰不了的。

三：

前些年读胡兰成的《今生今世》，为他文字中的情调着迷。想必世上非我一人如此。洞悉婚姻和爱情如张爱玲者，也是被他一句看似不经意的话而击中。击倒张爱玲的应该正是他话中半隐半露的那份有别于人的情调。初见之后，爱玲送他出门，他微微抱怨："你怎么可以这样高呢！"

胡兰成在书中写到了他的八个女人：发妻唐玉凤，续妻全慧文，歌女应英娣，畅销书作家张爱玲，武汉护士周训德，斯家小娘范秀美，日本房东一枝，最后是上海滩黑帮老大的压寨夫人佘爱珍。这还未包括与他有过暧昧关系的女子。除了染病的全慧文和"小白杨"应英娣着墨不多，其余六位大体上用了相差无几的篇幅。客观地讲，写张爱玲偏多一些。可这又能说明他对张爱玲用情多一些吗？恐怕还是因为张爱玲本身就是一个有故事的女人吧。

一个男人，无论对女人有多么出众的魅力，如此频繁地移情别恋，让自己始终不会处于寂寞之中，这板子不应该全部打在那些痴心妄想的女人身上。想想张爱玲都能被他一纸"岁月静好，现世安稳"骗取骄傲的感情，那些俗常女子又如何抵挡得住他柔肠百转的情话？但是于《今生今世》书中，你能读到的都是一段段顺乎自然、发乎人情、光明正大、纯洁高尚、缠绵无尽、铭心刻骨的爱情。胡兰成用文字将那个见异思迁的自己描摹成了民国版的情种"贾宝玉"。可是他在每一段感情当中都如他所述的那样呕心沥血、海誓山盟，他自己相信吗？

　　当作故事一读吧。谁认真，谁就上当了。胡兰成的人品，不表也罢。还是要承认，他的文字摇曳生姿，美如罂粟，读了的确会上瘾。文学界有人评论说：其人可废，其文却不可因人而废。这大体上算是较为中肯的评价了。

　　其美者自美，吾不知其美也。胡兰成的名字仿佛早就注定了他的情感人生。他小名蕊生，天生就是一个花心的人。

给生活一首诗的时间

一：

一个人诗意多少,其实并无标准可言,仅仅是一种感觉而已。

朋友五十岁不到,过着朝九晚五的平常日子,并非天性浪漫的人。每天下班途中他都喜欢拐进一家路边酒馆里小坐。我问起个中原因，他的回答叫我登时想到了诗意。"为一个老头儿，那个老头儿看起来没什么文化，但气质特别，让人喜欢。我们每天总是前后脚到，我要一升啤酒，不要菜，他要二两白酒，一盘花生米。我们都知道对方在注意自己，可谁都没打招呼。如果我们认识，准能成为忘年交。对我来说，猜想着、琢磨着他，是一种享受。我相信，对他来说也一样。"我想象着那一幅惺惺相惜的画面，憬然而悟诗意恰恰存在于这些被人忽略的生活细节里。

袁枚一生诗作颇丰，倡导"性灵说"，著有《随园诗话》传世。诗人之外，他更是乐享生活的代表人物，隐居小仓山，广收女弟子，每年售卖《随园食单》即可收入四五千两白银。而他的这些作为都与诗意无干，只在临终前露出了一条"诗意"的小尾巴。他再三叮嘱儿子说："用淡红纸小字写讣，不可用素纸，其余平行用小古简最雅，用大纸便市井气。"

二：

金圣叹的诗意在刑场上出现了最后一个高潮，

与嵇康神色不变地抚一曲《广陵散》有异曲同工之妙。他对身旁的刽子手悄声说有要事相告，待刽子手俯身过来，他淡然一笑说："花生米与豆干同嚼，大有核桃之滋味。得此一技传矣，死而无憾也！"当今核桃乳市场销量居高不下，不晓得商人有无此类秘方。

金才子的诗意早有峥嵘。当年他第三次参加科考，题目为"西子"。他信笔写道："出其东门，西子不来；出其南门，西子不来；出其北门，西子不来；出其西门，西子来乎？西子来乎？"结果如他所愿，再次名落孙山。

诗意之人并非不懂世故，而是不屑于此。且看金才子为俗人画像：腰有十文钱必振衣作响；每与人言必谈及贵戚；遇美人急索登床；见到问路之人必作傲睨之态；与朋友相聚便喋喋高吟其酸腐诗文；头已花白却喜唱艳曲；施人一小惠便广布与众；与人交谈便借刁言以逞才；借人之债时其脸如丐而被人索偿时则其态如王；见人常多蜜语而背地必揭人短处。

此十恶俗，世上难绝，今人尤炽。

三

诗意的诗人里,我喜欢木心。他历经磨难,却始终保有一颗柔软、向美、向善的心。

来到乌镇的那个午后,空中飘洒着细雨。小船一路摇进镇里,河塘边的人家推窗淘米,游人可见凉在屋内参差的彩衣。码头上登岸,在湿漉漉的石板巷里一来一往,寻觅古迹。折回到小巷的尽头,偶然发现安静的一隅,白墙灰地,富有朴素的诗意。似有感应一般,进去一问,方知是木心故居。翻看门票上罗列的景点,不甚明白为何唯独没有标明此处。木心故居需要预约,并随时控制进出人数,避免破坏室内闲适的气氛。我沾了那日小雨客少的好运气,当然还有门口姑娘"法外开恩",看出我对木心仰慕已久,许我进到屋里。这是一处三进的小院,典型的江南水乡格局,促狭而精致。音乐格外得轻,墙上挂满了木心的手稿镜框,诗、书、画与音乐,就连那些诗稿的修改之处,都恰到好处地融合在了一起。什么时候看到木心像,他的表情憨厚之中,总又藏着几分调皮,不是那么规规矩矩。他和黄永玉都不避嫌疑,坦荡地喜好亲近和谈论美女,言语睿智,毫无狎亵,此处正可暴露他们骨子里的诗意。

"美的人笑时将自己的魅力臻于顶点,这是真美人。反之,平时之美,一笑反而不美,这就不是真美人,这个'美中不足'太大,太严重,致命。"

四

:

吴宓在昆明西南联大的时候,成立了"石社"。石社之名,取自他钟爱的《石头记》。若想入社,倒也简单,须写篇文章,将自己比为《红楼梦》中某一人物,大家觉得贴切,即可加入。这门槛设得就颇有几分诗意。林语堂称自己远嫁他乡,喻作探春。而吴宓刚专门著作一篇长文《论紫鹃》,他说自己杜鹃啼血、忠于理想,与紫鹃最为相像。文中他从紫鹃对其主人林黛玉的表现,提炼出一个人性格、追求、理想和归宿的人生轨迹。文章写得深情备至,与紫鹃已达到了神魂相通的地步。

林黛玉在紫鹃心目中是爱与美的象征,而吴宓对林妹妹的呵护与爱也到了真假不分的程度。某日,吴教授路过青云街,遇一家新开张的饭馆。门前张灯结彩,热闹非凡,门里猜拳行令,烟熏火燎。堂上挂一大匾，却是潇湘馆。儒雅的吴教授是可忍孰不可忍，进门寻到掌柜先生便说："能不能我给你一点钱，你把这饭馆名字改了？"老板讲究和气生财，拱手一笑，诧异道："为什么呀？"吴教授虚实不辨地求道："林妹妹会不高兴的。"

我认定吴宓是个诗意之人，还有个不成其为理由的理由。作为中国比较文学之父，吴宓外文功夫自是了得。当年南屏电影院为了生意兴隆，特请吴宓出面翻译好莱坞电影，果不其然，自此财源亨通。那些脍炙人口的好译本一直沿用至今。吴宓又诗学深厚，那些如梦似幻、诗意盎然的片名看似信手拈来，却已深入人心，成了永恒的经典。仅举三例：《翠堤春晓》《魂断蓝桥》《出水芙蓉》。

上面提到《红楼梦》，又想及一事。以诗才论，大观园中宝钗堪称一流。可她老成冷漠，擅弄心机，精通一套仕途经济学问。本来挺好的一场"扑蝶"，正待展露一颗天然少女心。谁料想，关键时刻她本能地灵机一动，不着痕迹地嫁祸于无辜的林妹妹。她真是顶无诗意的一个人。

现在的诗人如鲫过江，富有诗意的却难得一见。诗几近沦为诗人谋生行世的工具，此非诗之过也。

文人派对

一

:

　　先打个赌。能背诵冠绝千古的《兰亭集序》的人,百分之九十都没有读过收录其中的三十七首诗。我承认,我是这九十分之一。

　　兰亭集会可称得中国历史上最著名的一场聚会

了吧。这其中固然有王羲之趁着酒兴、畅意挥毫写就的书文俱佳的序言之功,但如果不是这场风雅至极、清逸至极、宏阔至极的相聚,王羲之又从哪里获得灵感写出"后之视今,亦犹今之视昔"的名句呢?

永和九年的三月初三,又到了民间禳灾祈福的日子。王羲之以会稽内史身份广发请柬,邀来四十一位军政文化各界名流,齐聚会稽山阴之兰亭。会议的主题只有一个字——玩!都说文人最好的年代出现在宋朝,其实那只是相比于其他朝代环境更加宽松、没有生命之虞而已。如果将文人视为独立的生命个体,就其思想自由与开放程度考量,魏晋可能才是首选。

在天朗气清、惠风和畅的大好日子里,一群爱玩儿、会玩儿,又能玩到一块儿的文人,他们竟然把工作丢到一边,有左有右,随意而为地坐在了一条曲流蜿蜒的小溪边,浮杯流觞。酒杯漂至谁的面前,或赋诗,或罚饮,皆不为难。而上至国君,下至黎民,竟然没有一人以此为非,褒贬他们无所作为。

身处欢乐场中,最容易产生"世间好物不坚牢,彩云易散琉璃脆"的悲叹。王羲之的高妙就在于伤感之后的豁达,"修短随化,终期于尽"。哪个人能逃脱宿命呢!我站在兰亭集会的溪水畔,憬然悟到这场雅集的伟大之处——教会我们享受生命绽放的同时，亦能安然接受生命的凋落。

二：

首选魏晋，次选有苏轼的宋朝。注意，在苏轼离去之后，宋朝的面孔就很少有人能逗笑了。

苏轼是西园雅集的真正主角。西园的主人王诜贵为皇家驸马，又是名士一枚，擅书画，工诗词，家筑宝绘堂，藏历代名家书画，喜交文人雅士日夕观摩。是日，王诜致书好友苏轼，约定西园相聚，并将圈定邀请人员的任务交给苏轼全权代理。苏轼领其美意，并不推辞，以自己为轴心，写下长长一串名单，马上群发出去。苏轼所开列的人，计十六位，皆属各圈圈主，自是王诜的意中人。

兰亭集以一篇序文传之后世，西园雅集则是传之以《西园雅集图》这幅名画。画的作者李公麟亦在被邀之列。只可惜李的原作已轶，好在米芾的题记却以文字的形式保存了下来——展开画轴，首先映入眼帘的画面里，捉笔而书的自是东坡先生，坐在一旁观看的是王诜和词人李之仪，站在苏轼身边凝视的是蔡肇。几步之外的古桧树下，弹阮的是陈景元，袖手听音的是秦观。一旁，昂首题石的是米芾，仰观的是王钦臣。不远处，倚石执卷的是苏辙，身后立着的二人是黄庭坚和晁补之，李公麟在画《归去来兮图》，右后手边抚膝而立的是郑靖老，跪坐在案边石上的是张耒。至此"苏门四学士"已然到齐。宋代四大书法家也已就位其三。远处大溪中的怪石之上坐有二人，中间坐蒲团讲经的是扶桑和尚圆通大师，一旁谛听的是刘泾。

以上十六位，称其雅士，应当不过分吧。如此难得的相聚，同样没有政治意义上的主题，只有书法、绘画、音乐和谈经论道，个个襟怀如月，旨在享受这英辞妙墨、卓然高致的时光。

三

：

雅集必有雅约，方才称意。连汪伦都晓得，没有"十里桃花、万家酒店"，不在雅上做一番功夫，怎么可能把诗仙诳到身边来？

王右军和东坡先生的请柬想必不俗,可惜无载。有载史料中,我首推元代翰林大学士虞集的散曲《南乡一剪梅》。"南阜小亭台,薄有山花取次开。寄语多情熊少府,晴也须来,雨也须来。随意且衔杯,莫惜春衣坐绿苔。若待明朝风雨过,人在天涯,春在天涯。"

这首小曲写于虞集六十岁告老还乡之后,猜测熊少府年轻时或在当地县署做小吏吧。两位花甲老人都还能葆有天真无邪的童心,真是难得,可爱!

"多情的熊少府君,还记得我家南面的小山吗?近日里各色的山花,星星点点地开放了,差不多一天一个样子,好看极了!收到我的邀请,快点儿来吧。我们俩席地而坐,于花间饮酒,畅叙离情,苔绿染上了春衣,就留作我们相见的纪念好了。你知道,**人生如寄忽东西,春色也不等人的。**你一定会明白我的心意吧,无论晴天雨天,都要来哦!"

有约不来过夜半,闲敲棋子落灯花。假如我是熊少府,无论如何是不会爽约的。山花烂漫的时节,和你在一起,我心阳光明媚;春风和煦的山间,和你在一起,生命充满感激。对我,你是知音;对你,我是唯一。

四

说到雅约,令人最先想到的必是白居易的《问刘十九》。乐天先生一向主张"文章合为时而著,歌诗合为事而作",是诗歌史上最为亲民、最接地气的伟大诗人。获此成就,看似得益于他的"大俗",实则要归功于他的"大雅"。

能将大俗大雅合二为一的,怕是只此一人了。且不举《琵琶行》《长恨歌》的例子,来读读这首《问刘十九》足矣。"绿蚁新醅酒,红泥小火炉。晚来天欲雪,能饮一杯无?"

绿酒,红炉,白雪,只差你来。顿时,我眼前浮现出丰子恺先生的小画《看梅云》,画上有两句关乎雅约的题诗:小桌呼朋三面坐,留将一面与梅花。将古人的诗随手化用在这里,同俗同雅同情怀,简直有异曲同工之妙。

跻身雅约前三名的另外一则载于《船山诗草》,诗名曰《五月初二夜贼入飞鸿延年之室尽卷壁上书画去作诗纪事》。是夜,小偷光顾了张家寓所,一不偷钱财,二不偷粮食,唯独席卷壁上书画而去。

诗人张问陶揣测这是一名雅贼,遂以诗发出邀约:平生有天幸,遇贼亦不俗。留我杖头钱,舍我瓶中粟……我有一斛酒,可以销长夏,倘肯重来悄语细论文,不妨大家痛饮西窗下。

给小偷写邀请函的,史上可有第二人吗?事情的圆满结局当是,那小偷亦能领略这份风雅,如约而来,纵酒论诗,至于那些书画,皆为身外之物,彼此并不提及。

稍为遗憾的是,此等雅约有无后续,均未载于文字。

我们仍未知晓时光的样子

一:

张丽钧在《无可挽回的老去》中写道:人生只有三晃,一晃大了,一晃老了,一晃没了。直叫人读来触目惊心,真的这样两晃三晃,一生就没有了?我们的生命竟是如此的仓皇、局促、囫囵和盲目。

时光将生命带走了,我们还不晓得时光的样子。《辞典》告知我们,时光意指时间,是指一切物质不断变化和发展所经历的过程。多么无情的一句话啊!从故乡到异乡,从少年到白头,生老病死,哪个不是过程?在时光这个大到无限的容器里,我们如何自处?

二

：

居斯塔夫·福楼拜在写给最亲密女友的一封信中说:"我拼命工作,天天洗澡,不接待来访,不看报纸,按时看日出(像现在这样)。我工作到深夜,窗户敞开,不穿外衣,在寂静的书房里……"读到"按时看日出"时,我的心被狠狠地蜇了一下。这位远离名利场的大剧作家,以"面壁写作"为誓志的世界文豪,一个吝惜时间拼命工作至深夜的人,却在每天惦记着迎接日出,把在我们看来寻常不过的晨曦之降视若生命的盛事,当成了一门灵魂的日修课。

原来对于时光的莅临,这才是我们该有的仪式,庄严,神圣,深怀敬畏之心。

三：

在李敖的文章中，我同样读到过这位放荡不羁的"文化狂人"对于时光的虔敬。他习惯对任何事物都采取批判的态度，唯独在时光面前变成了活脱脱的赤子。"只要天气好，我每天中午都有一个约会，约会的对象不是人，也不是人活在上面的地球，而是比地球大130万倍的太阳。"要知道，他约会的这个地点，不是高山、平原和海边，而是在失去自由的牢狱。约会的这个时间，更是他仅有的午饭后到下午劳动前的两个多小时特别安静的时间。这是他狱中最宝贵的时间，他没有用来思考，没有用来写作，更没有用来抱怨和批判，而是用来平静地看看太阳。

阴暗的囚室，巴掌大的小窗，李敖目不转睛地望着时光从左边的窗沿一步步走过右边的窗沿，最后消失不见。失去自由，那一缕时光仍为他保留下温暖、责任和良知。

四

孔子说，逝者如斯夫，不舍昼夜。庄子说，人生天地之间，若白驹之过隙，忽然而已。李白也曾慨叹，高堂明镜悲白发，朝如青丝暮成雪。苏轼更是对人生留下了千年一喻，人生到处知何似，应似飞鸿踏雪泥……我们的祖先有过太多的关于时光的论述和关注，只是不知自何时起，我们生命的注意力已悄然转移。在日常交谈中我们发现，有些人熟知汽车的配置、性能和价位，有些人对于服装的品牌和款式如数家珍，有些人则对某些官员的背景和履历了如指掌，还有一些人最善于洞察商机和股市，有一些人则痴心于各式各样的彩票和赌博。时光的位置正在被功名利禄、酒色财气一步步取代，终至哪天被忽略不计。

《儒林外史》中有一处情节说是：杜慎卿几个文人游金陵雨花台："坐了半日，日色已经西斜，只见两个挑粪桶的，挑了两担空桶，歇在山上。这一个拍那一个的肩头道：'兄弟，今日的货已经卖完了，我和你到永宁泉吃一壶水，回来再到雨花台看看落照！'"可叹吧，我们一辈子到头可能还不如这两个卖粪人在时光上的觉悟高妙！

五：

生命的价值正是在对时光的品味里得以升华。如今不消说品味,生活中就连看一眼时光都显得奢侈而多余。需要追求的东西太多,哪里有这个工夫?说到品味时光,我最喜欢木心的一句诗:**从前的日色变得慢,车、马、邮件都慢,一生只够爱一个人。**

时光里的爱情,爱情里的时光,多么令人向往的生活情致!

时光没有变,脱离了时光的爱情却已变得面目全非。有的人囫囵半咽,一辈子过得寡淡少味,这实在怨不得别人。

六：

米兰·昆德拉在《为了告别的聚会》中对捷克

人的生活有一番这样的描述：在这个国家，人们不会欣赏早晨。闹钟打破了他们的美梦，他们突然醒来，就像是被斧头砍了一下。他们立刻使自己投入一种毫无乐趣的奔忙之中，请问，这样一种不适宜的紧张的早晨，怎么可能会有一个像样的白天！

　　我真庆幸，在他的笔下，这个被斧头砍醒的民族是别人而不是我们！可我们又是怎么样醒来？拥有一个什么样的白天呢？

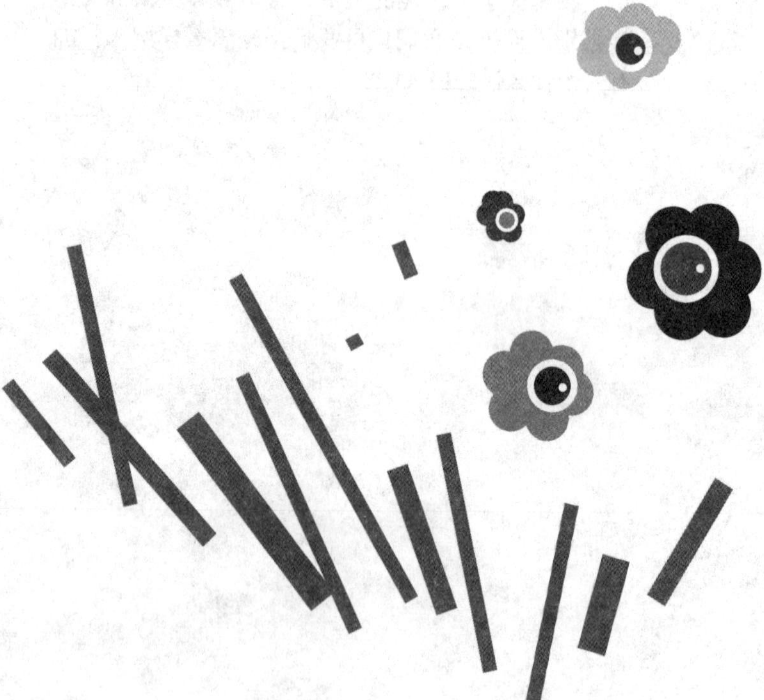

第五章

养一朵花,直到它长大

人生乐事,
莫过于静等花开。
几盆花草一束微光,
生活就亮堂起来了。

遇见便是上上签

土耳其有句谚语：好好活着，因为我们将永远死去。

这句话阐释了人类有瞬间和永恒两种存在方式，但我们只配对瞬间享有感受的权利。何谓好好活着？在我想来，首要懂得惜缘，珍惜生命中的一时一刻、一人一事、一花一果，让心灵日趋完美、圆满和幸福。

社会学中有一个"150圈子"理论，讲的是一个人的社会关系只限于150人左右。随着新关系的加入,人的存储空间里必有旧关系的离出。我们知道,这个宇宙存在了二百亿年,我们生活的星球已有四十五亿年的生命,生物的出现也有三百万年的历史,人类有文字记载的历史已经五千年了。可我们的生命只有几十年,于七十多亿人口中相识了一百多人,这是多么难得的缘分。

因事业关系,我们都有些经常见面的朋友,差不多有四十人吧。在电话里谈谈业务,顺便互致问候,偶尔也会相约坐坐,喝点小酒,交换一下对世界问题和国计民生的看法,在微醺中笑着拥抱握手,然后离开,各自回家。这是路缘,我们要珍惜。

在同一家单位里,我们还会有天天打交道的同事,算一算会在五十人上下。每天我们从同一座城市不同的角落赶来,相聚在一起,在八个小时里为一个目标共同努力。闲散时彼此交流着这座城市的信息,评判一下生活中教育医疗和房价股票等诸多问题。即使是工作中有了摩擦,那也只能是叶和叶的碰撞,一触即开,伤不到我们的枝干和根系。下班铃声一响,各人有各人的江湖,逍遥而去。这是事缘,我们要珍惜。

同学师友经常保持联系的有三十人左右。每个名字都牵连着一串温暖的回忆,无论天涯海角,正是因为有了他们，我们才会感到某些城市亲近可人。这是情缘，我们要珍惜。

亲戚有二十人吧。我们以亲情为纽带，散布在或远或近的乡村城市，族谱是我们不能割舍的联系。为了绵延祖宗的记忆，会在某些特定的时刻相见，说的都是过去，没有冲突，更像是进入一部特定的戏剧。这是亲缘，我们要珍惜。

最后的十个人，没错，那是我们的亲人。我们的命门在哪里，我们的软肋在哪里，哪里的筋骨最脆弱，哪里的情感伤不起，只有他们最清楚。因为我们的命门就是他们的命门，他们的筋骨连着我们的筋骨。在这个世界上，我们拥有的利益几乎都与他们相连而又难以分割，每一次分界线的划定都是一个痛苦的抉择，都会伤及彼此。只是我们受伤了，他们也会疼。他们受伤了，流的也是我们的血。这是血缘，我们更要珍惜。

同学同事、亲朋师友，还有我们挚爱的亲人，这是我们生命里相互珍惜和取暖的距离。

凭窗眺望，人民路对面市医院的门诊大楼越建越高，那是生命的来处和归处。街角几间板壁房，临时作了太平间和告别室。每天上午，我都能听到沉稳低回的哀乐。在很多时候，面对逝者的执迷不悟,这乐曲更像是沉痛的怜悯和叹惜。只有极少数人,缘分在手,未曾虚掷,寸心寸金,明白为人处世。他们才有资格让哀乐演奏出雄浑的交响,如同奔流到海的江河一般磅礴壮丽。

日出和日落无法同时拥有

前几年南方某位官员热衷于写诗,还创作出了"某某体",获得了某个国家级的文学大奖。但之后其人其诗不仅在文坛销声匿迹,就连网络上也被"袁芳体""甄嬛体"埋没得踪影皆无。这样的笑话在历史上不胜枚举,这样的诗人在文坛上更是俯拾即是。

先讲个民国时期的例子。《效坤诗钞》是当时"甚有影响"的一本诗集。诗集的主人是手握重兵、割据一方的军阀张宗昌。诗集一出，洛阳纸贵，人手一册，日夜研读。这位以姨太太多少来判定交往指数的军阀，可以说不费吹灰之力就正式跻身于诗人的行列。下面摘录诗集中三首不带脏字的诗。第一首《咏雪》：什么东西天上飞，东一堆来西一堆。莫非玉皇盖金殿，筛石灰呀筛石灰。第二首《天上闪电》：忽见天上一火链，好像玉皇要抽烟。如果玉皇不抽烟，为何又是一火链。第三首《趵突泉》：趵突泉，泉趵突，三股水，光咕嘟，咕嘟咕嘟光咕嘟！

再来读一首著名学者写的诗。《蝴蝶》：两只黄蝴蝶，双双飞上天，不知为什么，一只忽飞还，剩下那一个，孤单怪可怜，也不想上天，天上太孤单。也许张宗昌就是因为读到了这些把持文坛的名人之作，才生出了成为诗人的天开异想。

张宗昌的军队很大，著名学者的学问很深，可是说到他们的诗，我们只能在笑喷之后，对他们再来个"第二次握手"。时间的评价最是公平，就算是皇帝老儿历史也一样不会放过。大宋开国皇帝赵匡胤吟诗《旭日》："欲出未出光辣挞，千山万山如火发。须臾走向天上来，赶却流星赶却月。"无韵无律，信口雌黄，就算做了皇帝又如何？话里话外还不是露出了"暴发户"的本质来。这样的诗句既然已经流传了几百年，那就必将流传下去，以增添生活的幽默。

其实人活在世上，想要有所作为并不难，难的是要懂得有所不为。除了那些违法乱纪、祸国殃民的事情不能做，更重要的是真正了解自身的短处和弱点。遇到自己不熟悉、不擅长的领域，要提醒自己虚心学习。尤其是执政为官者，手中握有决策权力，很容易自信心爆棚，再加上周围群小欢呼，就难免会自认为无所不能，做出令人贻笑的事体。那些吹喇叭的人只图眼前利益，至于谁会被后人笑骂，这是个不言自明的问题。韩寒在一篇描写官员的文章里说："看见好的捧个场儿，遇见坏的冷个场儿，碰见傻的笑个场儿，等他们自己给自己砸个场儿。"调侃之间，道出了官场形状。我真的见过一位男性官员在台上讲到了怀胎十月的切身感受，语气是一贯的权威，抑扬顿挫之后，还要等台下女性听众们点头称是。虽然没有人笑场，但这情景应该离砸场也不远了。

最后还是用张宗昌游泰山时对天豪吟作结束吧——远看泰山黑乎乎，上头细来底下粗。要把泰山倒过来，下头细来上头粗。如此忘耻，天下哪还有不为之事？须知这样的场子，早砸晚砸，早晚得砸，怕是祖宗八辈都要跟着砸进去。

知止

一:

《水浒传》第六十回,讲晁盖带领一队人马怒打曾头市。他不懂得适时而动,适可而止,结果被史文恭一箭射中,丢了性命。

老子在两千五百年前就为我们阐明了"知止"

的道理。《道德经》：**知足不辱，知止不殆，可以长久。**

勃列日涅夫作为苏联最高领导人，一生荣获勋章无数，其中"胜利勋章"和"勇士勋章"获得者更是全球仅此一人。军人出身的他还是文学大家，他创作的《小地》《复兴》和《荒地》三本回忆录，不仅收获了"列宁文学奖金"，还在苏联大量出版发行，甚至被编入教科书，作为教育年青一代的范本，可谓盛极一时。时间来到1987年夏天，名著"三部曲"被查明系勃列日涅夫找的几名记者捉刀创作，被当局定为伪劣作品，下令从全国所有书店下架销毁。而他在任时自颁自给的"胜利勋章"和"勇士勋章"，在他死后已被剥夺收回。

云南有位酷爱拉二胡的县委书记。每年一度的迎春晚会上，县里都要花费重金请来专业的交响乐团与合唱团，目的只有一个，就是配合他如痴如醉地拉一曲荒腔走板的二胡。根本就没有法律规定，国家领导人必须是文学家，县委书记要拉一手好二胡，以上两位之所以行事荒唐，贻笑世人，正是因为对声名的贪求。其可怜亦在此处，不知足，不知止。不知足，自取其辱。不知止，焉能长久！

二：

《红楼梦》中智通寺门口有一副破旧的对联：身后有余忘缩手，眼前无路想回头。贾雨村信步至此，心中想道："这两句话，文虽浅近，其意则深。我也曾游过些名山大刹，倒不曾见过这话头，其中想必有个翻过筋斗来的亦未可知，何不进去试试。"只是智通寺内，仅有一煮粥老僧，既聋且昏，齿落舌钝，答非所问。贾雨村不耐烦，只好走出寺来。

此处小情节似乎只是承转一下，接下来贾雨村途经村肆沽饮，偶遇冷子兴，坐下来听其演说荣国府。从冷清破败的智通寺到极尽奢华的荣国府，也只有这短短的几步路。两相比对，实则是在告诫人们，贪得无厌忘缩手，只知行，不知止，就会落得翻大筋斗的下场。那煮粥老僧本就是现身说法。

"因嫌纱帽小，致使锁枷扛。"看来贾雨村还是没能牢记此番警告，最后竟沦为阶下囚。

诸葛亮躬耕南阳，退伏隆中，韬光养晦，伺机而出，是知行知止的典范。到了晚年，他六出祁山，北伐曹魏，实系明知不可为而为之。虽煞费苦心，其结果亦必不可得。所幸留得前后出师二表,真好文章。

三:

欧阳修说:"晋无文章,惟陶渊明《归去来兮辞》一篇而已。"

我以为,陶渊明诗文之所以好,也是知止的功劳。他的这篇《归去来兮辞》正是写作于辞官归隐之时。

某年冬天,陶为彭泽令,正在准备迎接太守派来的督邮进行年度考核。督邮,品阶不高,只因在太守跟前当差,便有了些许特权。该督邮倨傲粗俗,一入彭泽驿馆,即刻宣县令来见。陶毕竟是读书之人,不想与他一般见识。正待出门,有县吏进言:"参见督邮须穿官服,系大带,不可有失体统。"陶一听,顿感释然,朗声道:"吾不为五斗米折腰!"索性取出官印封好,挥笔写下辞职书,扬鞭策马,回家去也。

这应该是文学史上极为重要的一次知止。此后，《归去来兮辞》《归田园居》《饮酒》《桃花源记》《五柳先生传》等佳作名篇，如白云出岫，在陶的笔下翩跹而出，为中国诗文开辟出了一方新的天地——山水田园。

身无挂碍，我自真率，大可不必见人说人话，见鬼说鬼话。有人造访，有酒必出之，醺然将醉，陶便下逐客令：我欲醉眠，卿可去。

四：

我有一位很亲近的老师，他的书房名为知止斋。

这位老师称得上是一位知行知止的名人。早年间大学毕业之时，他本可以分配到某区革委会的政治部去。可他自知没有政治头脑，宁愿去到一所普通中学教语文。有人替他惋惜，他却乐在平凡之中默默耕耘。当国家恢复研究生招考，他又变"知止"为"知行"，昼夜攻读，废寝忘食，为购买学习资料，竟三月不知肉味。历时三年，终于考取了研究生。

我毕业那年，张老师的《林纾评传》由其母校南开大学出版社出版。此时他的学术研究正处于黄金期，然而学校党委却要任命他为中文系副主任。任命书已经下达，推辞不得，他只好向学校提出仅任职一届的请求。任期之内，他凭借自己多年在学术领域的人脉和影响，偕同众同事一起努力，为学校成功取得了中国现当代文学专业的硕士学位授予权。两年之后，他向学校党委组织部提交辞呈，未获批准，而且任期一延再延，竟长达七年有余。这位老师有每年自我总结的好习惯，这七年他在总结里写的最多的一句话即是：本年在学术上一无所获，全部精力都奉献给了教学和教学行政事务。依凭我对他的了解，这七年的付出他是无悔的，可他不是适意快活的。

果然，当摆脱了职务的束缚重回学术，他便游龙归海般活跃起来。《中国现代文学主潮论》《叩问现代的消息》两部专著相继出版，更为重要的是他申报的国家社会科学基金项目《晚年林纾研究》取得丰硕成果，与早年《林纾评传》一起称为他的学术双璧，相映成辉。

这位老师生日那天，我发他一条微信：今天这个日子，真是又平凡又特殊，想一想都感到生活美好，借用木心一句话来表达我的心情：**不知原谅什么，诚觉世事尽可原谅。**

一生短暂，很难遇到几个令自己倾心的人。得遇张老师为师，真是我今生的福分。我要行止从容，不役于身外之物，方不辜负这份因缘。

别让太阳掉下来

当我们听说某人做了好事，第一反应往往是：这是真的吗？他为什么要这么做？而当听说某人遇到坏事，则会即刻认定：报应他的时刻到了，他这是罪有应得啊。闻人善则疑，闻人恶则喜。殊不知，这一疑一喜，看似于善无碍，实则将善推向了恶。由此看来，如何对待善良还真不是件小事儿。

去年三月份，朋友到新加坡考察学习期间，在街头拾到一个钱包。现金虽不多，但有几张银行卡。

他在原地等候未果，前行近千米才找到一位值勤警察。警察了解情况之后，一定要带着朋友去政务大厅领取奖金。朋友百般推辞，说有急事都不被放行。朋友被"押"上了警车，在政务大厅里登记完护照号码，被郑重宣布为"受新加坡欢迎的人"，领到了20新元的奖金。在新加坡做点好事，真可谓"名利双收"。

听了朋友的讲述，总感觉新加坡政府有小题大做的嫌疑。拾金不昧，物归原主，我们从小学开始就接受这样的教育，便认为这是人类该有的美德。翻阅历史发现，还真不是那么回事，没有什么美德是人人必须有的。政府出资对善行和善念加以保护和奖励，孔子正是这个"小题大做"的首倡者。

《吕氏春秋》记录了这样一则小故事。孔子的学生子贡因为经商常常出入边境，每次回国他都能赎救几个在异国做奴隶的鲁国人。依照鲁国的法律，他不仅可以收回本钱，还会得到一笔政府的奖金。可是子贡不仅有财，而且有德，别说奖金不领，就连本钱他也不要。人们纷纷赞扬子贡的高风亮节，他的嘉行美名迅速传遍了整个鲁国。这时作为政策倡导者的孔子却站出来大唱反调。他教训子贡说，你把鲁国最好的政策给废除了！鲁国奴隶再也回不来家了！孔子分析说，本来有很多人在做善事的同时还可以得到政府的嘉奖与经济上的回报。可在你的高尚面前，那些本来有条件赎救鲁国奴隶的人会怎么想？到政府去报账领奖金，与子贡的高尚相比，显得觉悟太低了。如果都向你学习，又不甘心白白花掉自家的银子。干脆，来个视而不见，不赔也不赚。

孔子的这一番话包含了两层意思。其一，善行无论大小，都要设法保护，政府应出台政策做好引导。其二，每个人做善事的时候都会有成本核算，名利兼得为上，名利相抵为下，没有利，长期蚀本的买卖是没人做的。孔子站在人性的高度，剖析出了人类在选择善与不善时的心理期许。如果善良得不到褒奖，反而招惹嫌疑，人们就会选择不善，继而为了利益滑向邪恶。假使恶行又得不到惩罚，人们就会混淆了善与恶的界限，进而在善恶之间丧失了正义的立场。

近日又读到《在德国捡到钱包》，才知道新加坡的做法在国际上并非个例。故事的梗概和前面朋友的经历大致相同，不同的是在德国奖金更加丰厚，大约有几百欧元。对于这样的做法，德国人是这样解释的：在财物面前，仅凭道德的约束不可能让每个人都选择善行，任何人都会暴露出人性的弱点，这是不应当受到指责的。如果有了奖励制度，那么奖金就成了行善之人的合法财产。在合法财产与非法占有之间，所有人都不愿再去冒道德和法律的双重风险，从而选择物归原主去做一次小小的善行。

当人们习惯于选择行善之时,心灵的愉悦和宁静又会让人们不断地完善自我,追求更高更大更完美的善。社会良好的秩序才有可能逐步形成。

爱在爱里,善在善中。在对待善良的态度上,新加坡和德国的做法值得我们学习和借鉴。

人不辞路

人不辞路,虎不辞山。辞,作"拒绝"解。天下没有人会傻到拒绝道路自毁前程的地步。可是如此简单的道理真正做起来,却又不是那么简单,最终结果往往适得其反。

西施有位同村的闺密,名叫郑旦。两个人年龄相近,容貌相当,溪头浣纱时被人们称作并蒂莲。越王勾践访求美人以祸吴国,在小山村里觅得一双。即时车载入京,沿途百姓络绎不绝,争相观看。郑且念及闺中友情，事事以西施为先，不与争锋。西施却自以貌美，事事占先。勾践心中甚是喜欢，私谓西施说，自吴归，当相守百年。俟乐坊教习三年后，将二人敬献吴国，侍于夫差左右。夫差凭空得了两位仙女，一并宠幸。吴国富庶更胜越国万倍，王宫奢华无比，引得西施艳羡不已。她为了使夫差专宠于己，使出浑身解数，时时奉迎，以博欢幸。郑旦则中规中矩，处处谦让。西施更是有恃无恐，不但将发小的情谊忘个一干二净，还不时在夫差耳畔吹些枕边风。郑旦居于吴宫，较西施的姑苏台低一档次，渐渐失宠。在夫差为西施大兴土木建造馆娃宫的时候，郑旦悄悄死去。引得夫差良心发现，感慨一番，丧葬办得格外厚渥。几年之后，十万越甲攻陷吴都，在吴国享尽荣华富贵的西施又想起了勾践的私许，正以为风光占尽，左右逢源。

勾践把吴宫里的宝贝尽掳而还，还抱得美人归，十分得意。大臣文种进谏，西施是越国送到吴国去的一个祸害，大王你如何又捡了回来？你不怕夫差的灾难降临到越国吗？勾践毕竟刚从屈辱中翻身得解放，远不到玩物丧志的程度，被忠臣一语惊醒，遂将做着春秋大梦的西施沉江而死。没想到出风头、抢先机、独霸大路的西施，反不及郑旦光景，最终走投无路，竟落得死无葬身之地。

《阅微草堂笔记》里记载过这样一则鬼故事。

鬼来到猎人的窗前寻求帮助，因为他的墓室被一群狐狸占去，自己无家可归。他求猎人打猎时能到他的墓室附近多走几趟，让狐狸觉得在那里住着并不安全，好自行搬离。鬼嘱托猎人说，如果与狐狸相遇了，千万不要伤害他们，以免日后狐狸知晓了缘由，把账记到鬼的身上，前来寻衅报复。那样大家的日子都不好过。鬼只想找回自己的家，并不想与狐狸结下怨仇。几日后，鬼又来到猎人窗前道谢，说事情办得妥当，他已经回家住了。纪晓岚感慨道：不求幸胜，不求过胜，此其所以终胜欤！

尼罗河中的绿虾一辈子都生活在扁鱼的嘴里，从不担心自己会被凶恶的扁鱼吃掉，反而正因为有了扁鱼的保护，绿虾才不会成为其他生物的美餐。弱小的绿虾也有自己的绝活，它会不停地晃动身体为扁鱼引来其他的小鱼。没有绿虾的帮助，扁鱼觅食就会变得十分困难。如果失去了对方，绿虾和扁鱼或许永远也找不到自身存在的价值。非洲大草原上的斑马和角马迁徙路上总会结伴而行，角马的嗅觉灵敏，能闻出三十公里之外的雨水和草场。而斑马的听觉十分了得，可以及时逃避猛兽的攻击。只有把这样的嗅觉和听觉组合在一起，在漫漫长路上，角马和斑马两个族群才会将损失降到最低。

给别人一条路，自己就会多出一条路，其实这才是"人不辞路"的正解。人与路的关系说到底还是人与人的关系。不明白这个道理,一心独霸,追求过胜,看似大路朝天,实则水尽山穷。说到生存哲学,人有时候真的还不如动物和鬼。

佛说,自性自度,自作自受。这句话提醒我们,那个"度我"和"害我"的人,都是我们自己。

存在于每一个当下

一

：

某一年,黄永玉陪表叔沈从文回湘西去,两个人有一段这样的对话。

黄永玉说:"三月间杏花开了,下点毛毛雨,白天晚上,远近都有杜鹃叫,哪儿都不想去了……

我想邀一些好朋友远远地来看杏花,听杜鹃叫。有点小题大做……"

沈从文躺在竹椅上,微闭着双眼,说:**"懂得就值得。"**

读到这一段文字的时候,我在想,如果彼时我便坐在他们的身边多好。不必攀他们相识,也不必听他们的对话,就只是在那里淋毛毛雨,看桃花杏花,听杜鹃叫。

二:

某年早春的一天,陆凯在江南的一条驿道边赏梅花,远远地看到驿使策马而来。想到驿使将要去到北方,刹那之间便牵动了自己的思友之情。朋友范晔远戍陇山,相隔千里,好久不见了,他过得还好吗?他会不会在冰天雪地之中也思念着我呢?想到这里,陆凯将驿使拦了下来,折了一枝芳香馥郁的梅花,嘱托他交予朋友。是啊,这一枝带着他思念的梅花,正是他此时此刻能够赠予朋友的最好的礼物吧。

驿使的马蹄声远了,陆凯怅望着北方,口占一首小诗:"**折花逢驿使,寄与陇头人。江南无所有,聊赠一枝春。**"

正是这一首小诗,让一段平凡真挚、无关名利的友情流传至今。那些关于陆凯和范晔是谁的考证和争辩都已不再重要。每一位读懂这份如梅花一样高洁情谊的人,油然而生的仰慕,才是最好。

三

：

某一日,溪山萧瑟,秋气晶莹,红树吟香,苍苔抱石。主人往访好友,恰好途中相遇,于是拂衣就座,挥扇谈诗。兴犹不足,又命童子抱琴来,清操一曲,以不负赏心,不负良朋。这是晚清画家任熊所绘《姚大梅诗意图册》中的一幅画,所题姚燮诗句为"相对有良友,如何不抚琴"。

道光三十年,任熊二十八岁,于嘉兴范湖草堂中初识姚燮,姚燮时年四十五岁。此时任熊画名未显,但姚燮慧眼识人,极为赏识他的才华。当年秋天姚燮邀请任熊至其家"大梅山馆"中看书临画,并朝夕相伴,切磋诗画,使得任熊笔法大进。《姚大梅诗意图册》后有任熊题跋,文字如下:橐笔明州,下榻姚氏大某山馆,与主人复庄订金石交。余爱复庄诗,与复庄之爱余画,若水乳之交融也。暇时复庄自摘其句,属余为之图。灯下构稿,晨起赋色。阅二月余,得百有二十叶。其工拙且不计,一时品辞论艺之乐,若万金莫能易也。笔墨因缘,或以斯为千古券耶。咸丰纪元上元之日,萧山任熊自跋。

金石之交,水乳相融,笔墨因缘,万金莫易。抱琴来,抱琴来,为君一挥手,如听万壑松。

四

：

陶弘景隐居不仕,齐高帝萧道成自是不解,下诏书询问"山中何所有"?言下之意就是,穷山沟里什么都没有,你真觉得有意思吗?

于是便有了这首《诏问山中何所有赋诗以答》：山中何所有，岭上多白云。只可自怡悦，不堪持赠君。

山中能有什么呢？没有高冠博带，没有华轩骏马，只有那轻淡如烟、无拘无束的白云罢了。对于迷恋功名利禄的人，白云自是毫无价值可言，可在诗人心目中，白云却是超尘出世、不落流俗的象征。这白云之妙，唯有品性高洁、骨骼清奇的高士才能领略。诗人微微一笑说，个中情趣，你不会理解的。就像这白云悠悠，我不能持赠一样。

五：

"山带流云水带沙，村头老榆是吾家。荒村篱落秋容淡，一架西风扁豆花。"不记得从哪年开始，凡是读到这样的诗句，诗中所描述的田园风光，都会带给我开阔胸襟的享受。

早年间住平房时，也曾在小院里学着别人种过一畦扁豆，绑竹竿，拴线绳，藤叶葳蕤，处处生机。一季下来，豆荚也炒了吃了，可我还是我，口福之外，别无所得。现在回想起来,便知道自己之所以不能领略这一架西风扁豆的恬淡,实在是因为年龄太过年轻,心又委实空洞。

听几声杜鹃叫,赠朋友一枝梅花,为知音抚琴一曲,欢喜地看一朵白云飘过山岗,也不是谁到了一定年龄,都能获得会心的妙处。

绝交的艺术

唐宪宗元和十一年四月,迫于朝廷对其他藩镇的征讨,拥兵自重的平卢淄青节度使李师道请求归顺。宪宗接受了他的请求并赐予"检校司空"之职。请求归顺只是李师道的权宜之计,三代藩镇割据的他不甘俯首听命,暗中用官职和金钱拉拢文人谋士,以图东山再起。张籍就是此时收到了李师道的邀请函,对于未受重用、职位低下的国子助教而言,信中开出的条件诱惑极大。

张籍官职虽轻，却是一位"业文三十春"的著名诗人。另外他还是韩愈的得意门生，从他写给恩师的信中可见，他主张统一，反对藩镇分裂的立场一如其师。道不同不相为谋，可对方手握重兵，官居要位，其势炙手可热，如何回绝是个不小难题。

诗人到底有自己的本事，他运用比兴手法写下了这首历来为诗家称道的《节妇吟·寄东平李司空师道》。"君知妾有夫，赠妾双明珠。感君缠绵意，系在红罗襦。妾家高楼连苑起，良人执戟明光里。知君用心如日月，事夫誓拟同生死。还君明珠双泪垂，恨不相逢未嫁时。"用现在的话翻译一下：您明知我有丈夫，还偏要送一双明珠，感动于您情真意切，我将它系上红罗短衫。我家的高楼连着皇家园林，丈夫每天都在皇宫里值班。虽然我明白您对我的一片真心，可是我与丈夫已缔结生死之盟。我恋恋不舍将明珠送还给您，为我没能在出嫁之前遇见您深表遗憾。尊称对方为"君子"，这就给了对方一个道德的标高——你不会记仇，行小人报复之事。自拟为"妾"，弱化自己，同时拉近了情感距离。确定了双方身份，然后娓娓道来——我有自己的政治主张，也是见过世面的官员，尽管明了您的心意，也不会为了名利丧失做人的原则，我愿用生命维护它，请您好自为之。委婉之中透出果决，李师道读后欣然作罢。

元和十四年，李师道兵败被诛。多亏张籍不像李白是个官迷，到处投递自荐书，末了还去到永王幕府，最终空忙一场遭到流放。张籍非但没受丝毫连累，反而因为这首诗颇获宪宗好感。

历史上最著名的绝交发生在魏晋时期。同为"竹林七贤"的山涛升官之后，向大将军司马昭推荐好朋友嵇康来担任吏部郎之职。于是嵇康奋笔写了《与山巨源绝交书》。这封信瞬间引爆了整个文坛，一时圈粉无数。嵇康在足足羞辱山涛的同时，还间接向奉行着旧教礼法的司马昭和钟会开炮，这也为他日后被杀埋下了伏笔。

嵇康身为"竹林七贤"之首，提倡"越名教而任自然"，他如何甘心效忠司马家族，并与钟会等人为伍？在信中他先用了一个巧妙的比喻来表明心迹，说自己不想"手荐鸾刀，漫之膻腥"，然后他"放浪形骸"的行为艺术表演便开始了——我不能按时起床，要睡懒觉；我只想来去自由，方便钓鱼射鸟；我害怕正襟危坐，能随时随地扪虱搔痒；我不喜欢文山会海，遵从礼法教条；我讨厌婚丧嫁娶，出席各种仪式；我憎恶俗人飞短流长，吵闹喧嚣；我厌烦役于公务，把宝贵的精力白白消耗。这"七不堪"我宁死也无法忍受。还有我不敬汤武周孔，而又刚肠疾恶，遇事便发，直言冲撞，请问这"二不可"你们受得了吗？"不可自见好章甫，强越人以文冕也；

己嗜臭腐，养鸳雏以死鼠也。"真是骂得畅快！无怪乎，当嵇康在日影幢幢里走向断头台，面对三千太学生，只有他才能视生死为易事，岿然坐地，抚一曲《广陵散》，从此成为人间绝响。

近日读两汉诗，知东汉早有先例。原丰县令朱穆曾有恩于刘伯宗，刘跟随左右，步步仰仗朱穆提携，二人形影不离，好过一人。及后刘官至二千石，朱仍为小吏，再相见时，刘倨傲无礼。朱穆禀性介直，爱憎分明，愤而写下《与刘伯宗绝交诗》："北山有鸱，不洁其翼。飞不正向，寝不定息。饥则木揽，饱则泥伏。饕餮贪污，臭腐是食。填肠满嗉，嗜欲无极。长鸣呼凤，谓凤无德。凤之所趋，与子异域。永从此诀，各自努力。"这首绝交诗直抒胸臆，痛快至极！你是追腥逐臭的鸱鹰，我是玉洁冰润的凤凰，本来追求就不一样，还有什么必要交往？

以诗绝交，古人何其风雅。民国文人也多有绝交，却格外喜欢见面抱摔与隔空笔战的方式。如今社会少有绝交的传闻出来，并非人人君子，怕是值得绝交的友谊实在不多了。

辞穷

一:

透露一个秘密:每位作家都会受到相同的困扰,那就是词穷。在一些想要表达的思想或是描述的事物面前,找不到最为准确的语言。

这种时候,如果是我,原来可能会寻找一个差强人意的词来代替,放自己一马。现在,我放过自己的方式更为彻底,我选择直接放弃。因为我懂得,语言不是万能的。语言不仅不是万能的,有时甚至是无能的。

总有朋友不无羡慕那些执笔写作的人,夸赞他们词句丰富,感叹自己语言的贫乏。其实词句丰富并非全是好事,因为与万事万物相对应的只会有一个词语,有且只有一个,这是绝对的、唯一的。词句丰富的另外一层意思,即是你要在海量的词句之中将那个唯一找出来,书写在正确的位置上。这无异于沙里淘金。穷尽自我,最后往往以失败告终。这样的挫败感不是写作之人是无法体会的。

一旦挫败感叠加到阈值,其摧毁力是恐怖的。

二:

近日读书,遇到两则词穷的例子。

这件事写起来略有些绕。我是从张新颖先生的文章中读到的,张先生在文中直接引用的是吴良镛先生《林徽因的最后十年追忆》一文中的小段文字。

"她(林徽因)对纹样的独钟和欣赏,每使我想起沈从文来,他是在文学上搁笔而专注于工艺美术的。沈从文向我介绍故宫的工艺美术的造型时,陶醉其中,用带有湖南腔调说:'好的怕人!'"好的怕人!这到底是多么好呢?几乎找不到某个词用以直接表述清楚沈先生之意。词穷之时,不妨转而通感。

"林(徽因)先生叙述线条一时竟找不到恰当的中文词,说这线条是'如此的 subtle'(这和沈从文)是多么的一致。"吴先生接着写道,"工艺美术造型美的蕴涵竟使这两位文学家都一时词穷,这是多么迷人的事情。"英文单词 subtle,有"精致的、微妙的、敏感的"多重含意。在林先生眼中,线条之美必然是复合而多向的,精致,微妙,敏感,她必须同时表达出来,没有前后,不分主次,等量同重。此处,好在还有外文互补。

汉语可谓世界上最讲求多意、最富于变化、最善以造境的语言,依然有力不能及的地方。这无奈多么像我们看到远方极致的美景,却注定走不过去。

附记,我追读张新颖先生的文字,从他写作《沈从文的后半生》开始。我喜欢沈从文先生,由他又及汪曾祺、黄永玉、张充和、张新颖。他们的光和暖既相互交织,又是独立存在的。爱戴,敬佩,仰慕,这些词语他们都担当得起,可我此处只用喜欢。

三:

多有朋友电话里讨要我的新书,往往最后强调一句——别忘了签名!

我懂得这是朋友们美好的情意,但我从来在这件事上吝啬笔墨。若是追问起来,我皆以字丑搪塞(字丑亦是实际)。个中原因,我从来不说。

多年前我有逛书摊的习惯。在那些满掷于地的旧书中,总有一些模样完整、面目可亲的赠书。每每翻看到扉页上签赠双方的尊姓大名,我都会为作者由衷地感到尴尬。

也许这些书流落街头各有因由。但总有一部分书是主人主动处理掉的。我在试想作为受赠之人,在他决意出手的时刻，看到自己名列其上，会不会有一丝怕被作者发现的心理负担。

我厌恶逢场作戏的交际，可我傻傻地分不清哪些朋友会把我的赠书珍藏一生。于是我选择词穷，"雅正""惠存""覆瓿"，一概全免，只字不题，免去日后我的尴尬、你的负担。

四

：

最为深挚的情意是无法言说的，爱情和友情皆如此。你一旦开口，那份深情同时已变得轻薄。吃惊之余，后悔也来不及了。

《红楼梦》二十三回桃花雨中宝黛共读西厢，只读得落红成阵，两颊生香，情衷深结。恰于此时，宝玉笑对林妹妹说："我就是个'多愁多病身'，你就是那'倾国倾城貌'。"其实不待林妹妹粉面含嗔地啐他，宝玉自己就知道错了。话再漂亮，都显得轻佻，与那枚珍贵的爱芽总不相称。

黛玉在大观园里一向博得口舌伶俐之名，可她对宝玉的真情从未当面遣词。到了最后焚稿一节，很多人读出她的绝望，却不知在她的心中，唯有"词穷"到世间不留一字，她对宝玉的爱才终得成全，才完满无瑕。

五：

我越来越惯于沉默。这正是词穷的典型症状。

有人据此推断我清高孤傲，不易接近。我无可辩白，随他去吧。《无愁河的浪荡汉子》里讲到一个细节——序子身边的那帮年轻朋友因为听不见汪曾祺讲几句话，便问："你那个汪曾祺是不是有点骄傲？"序子回答毫不含糊："这话有点浑蛋。说话少就是骄傲？"

"此中有真意，欲辨已忘言。"回想一下，选择沉默是从我发现语言的歧义开始的。人群（包括亲人朋友）之中，我说的每一句话，即便表达准确无误，无一例外仍会生成诸多不同的理解。如果我试着再做解释,那么得到的肯定会是更多南辕北辙的结果。多歧亡羊,纠缠不清,这令我心力交瘁。我甚至忘记自己当初为了什么而说。

放弃语言,歧义便不再产生。这也是我最初援笔写作的原因。某一天我可能连写作也会放弃,当我因为"词穷"而失去了表达的欲望。

不过在生活中,我牢记一句话,却忘了说者为谁。**"懂你的人,不用说;不懂的人,说无用。"**如此看来,词穷,并没有任何损失。

和草木站在一起

一

:

人一生中只有两件大事,生和死。

生和死,如同一根绳子的两端,先于生命而存在,不以我们的意志为转移,所以这两件事都值得我们敬畏。懂得了这个道理,生死之间的事情都成了不言小事，没必要牵挂，更不必纠缠。

诗人兰德有一首诗，杨绛先生译来如此："**我和谁都不争，和谁争我都不屑**，我爱大自然，其次就是艺术。我双手烤着生命之火取暖，火萎了，我也准备走了。"

我始终觉得，这是对待生死最好的观点。

二:

世上的道路，与河流很像。唯一不同的是，河流九曲百转，终将归抱于大海。而道路却陷人类于周而复始的循环。

像极了磨道里的驴子，向前，向前，仍旧围着磨盘。人类哄骗驴子，用一布蒙眼。是谁哄骗了我们，用名与利的布设？

三：

我喜欢鲍尔吉·原野。

人以原野名，想来是多么清新、自然和朴素。他的文字亦是如此，伴着他从草原而来，带着泥土的气息，载着星斗的光芒。我的心便随着一阵轻风抚过草地，静静地看着遍野的草和花，呼吸着真诚、善良和美丽的馨香。

举个例子。一个捡拾月光手帕的女孩儿唤醒了他的心。女孩儿的羞赧令他遗憾，为谁？竟然是为了月光。因为在他想来，是月光辜负了孩子蹲下身捡拾月光的童真。透过这一瞬间，我们看到一颗温润如玉的心灵。

我喜欢这样的心灵。我希望我也有。

四：

和草木站在一起。

草木不同于我们,为人类提供氧气。人类却在无休止地伐木毁林,我们终将死于窒息。

树木经了四季,会在心中留下年轮的记忆,由小到大,由里到外,简简单单,从不荒废一年一日。而我们却希望自己的生命轨迹是一条无限延伸的射线,我们注定回不到原点。

草木一生只守着自己的位置。而人类熙来攘往,迷失了自己。

五：

我什么时候才能写出如此令人心动的文字?

李汉荣的《溪水》中写道:"我羡慕这溪水。如果人活着,能停止一会儿,暂不做人,而去做一会儿别的,然后再返回来继续做人,在这'停止做人的一会儿'里,我选择做什么呢?就让我做一会儿溪水吧,让我从林子里流过,绕花穿树、跳涧越石,内心清澈成一面镜子,经历相遇的一切,心仪而不占有,欣赏然后交出。我从一切中走过,一切都从我获得记忆。你们只看见我的清亮,而不知道我清亮里的无限丰富……"

由此我知道,我的文字离溪水还有很远,我的心灵也是。我要努力!

六:

马德总是用几句话就把道理讲得那样透,还能那样美。

"低调的人,一辈子像喝茶,水是沸的,心是静的。一几,一壶,一人,一幽谷,浅酌慢品,任尘世浮华,似眼前不绝升腾的水雾,氤氲,缭绕,飘散。

"茶罢,一敛裾,绝尘而去。只留下,大地上让人欣赏不尽的优雅背影。"

这是马德小文《低调》的最后两段。我无可救药地喜欢上了这篇文字,恨不得像甄士隐那样随他而去。世间当有这样的人吧,马德有幸,离他们最近。我不敢奢求得到这样的朋友,见一面,向往一生也是值得的。